나리꽃이 내게 이르기를

시작시인선 0313 나리꽃이 내게 이르기를

1판 1쇄 펴낸날 2019년 12월 20일
지은이 정기복
펴낸이 이재무
책임편집 박은정
편집디자인 민성돈, 장덕진
펴낸곳 (주)천년의시작
등록번호 제301-2012-033호
등록일자 2006년 1월 10일
주소 (03132) 서울시 종로구 삼일대로32길 36 운현신화타워 502호
전화 02-723-8668
팩스 02-723-8630
홈페이지 www.poempoem.com
이메일 poemsijak@hanmail.net

ⓒ 정기복, 2019, printed in Seoul, Korea

ISBN 978-89-6021-467-5 04810
     978-89-6021-069-1 04810(세트)

값 10,000원

나리꽃이 내게 이르기를

정기복

천년의
시작

시인의 말

어린 시절 자다 깬 한낮 대청마루에, 봉당에, 마당가에, 싸리울에, 초가지붕에 쏟아지던 햇살은 살을 베듯 눈이 부신데 엄마도 누나도 뵈지 않고 낯설고 외롭고 슬퍼지고 막막하여 왈칵 울음을 터뜨렸던 기억.

시를 쓸 때나 시를 읽을 때 가끔은 낯설고 먹먹한 그때의 마음이 찾아온다면 더 바랄 게 없겠다.

스무 해 만에 두 번째 시집을 엮는다. 눈이 내려 쌓이면 배낭 메고 북한산 숨은벽 올라 아무도 찾지 못하는 바위 틈새 시집 한 권 숨겨 두고 백운대, 인수봉 지나는 바람에게나 읽혀야겠다.

                                        2019년 다시 겨울

차 례

시인의 말

제1부 지나온 길은 가늘어지고 길어져 아득하기만 한데
천마산 그리기 ———— 13
노랑제비꽃 ———— 14
백운대행, 의상봉 ———— 16
백운대행, 원효봉 ———— 18
백운대행, 숨은벽 ———— 20
백운대행, 삼천사 ———— 21
백운대행, 문수봉 ———— 22
백운대행, 진관사 ———— 24
백운대행, 의상능선 ———— 26
백운대행, 삼각산 여성봉 ———— 28
백운대행, 노적봉 ———— 30
겨울, 송추폭포 ———— 31
불암산 간다 ———— 32
다시, 겨울 송추폭포 ———— 34

제2부 오래된 문장들을 바퀴 아래 깔며

강촌 삼악산 ———— 37

바퀴와 매미 ———— 38

일침 ———— 39

와불 ———— 40

죄의 뿌리 ———— 43

도토리를 털다 ———— 44

민달팽이 ———— 46

지상의 별 ———— 47

그와 함께 말라가고 있다 ———— 48

발가락을 찧다 ———— 50

명징의 시간 ———— 52

명성산에서 ———— 54

불혹의 사랑 ———— 56

늦가을 행주강에서 ———— 58

동정童貞의 본적지 ———— 60

제3부 시대와 불화한 자의 초상

삼 년이면 ──── 65

그 일 ──── 66

스라소니 ──── 68

리영희 ──── 70

김광석 ──── 72

시대와 불화한 자의 초상 ──── 74

모란공원, 사계 ──── 75

볍씨 한 가마 보리 서 말 ──── 76

신원의 유월 ──── 78

고로쇠나무가 인간에게 ──── 80

내가 불리고픈 이름은 ──── 82

꽃과 불 ──── 84

물수제비뜨는 손이 아니라면 ──── 86

숯불과 돼지갈비 ──── 87

빛의 환쟁이 ──── 88

도토리와 시집 ──── 90

제4부 이 강에는 다리도 참 많다

나리꽃이 내게 이르기를 —————— 93

용부원리 강신대네 사과밭에는 —————— 94

참꽃술 —————— 95

두릅 —————— 96

한강에는 다리가 많다 —————— 98

흰 나방 —————— 100

싸리 다래끼 —————— 102

어머니와 미역국 —————— 104

상처의 향기 —————— 105

금수산 —————— 106

내 가거든 두 아들에게 —————— 108

이 땅의 시시포스 —————— 110

콜 하시라 —————— 112

자유로와 통일로를 달리며 —————— 114

'남신의주유동박시봉방'에 가고 싶다 —————— 116

해 설

방민호 '숨은벽'을 오르는 바퀴 운전사 —————— 120

제1부 지나온 길은 가늘어지고 길어져 아득하기만 한데

천마산 그리기

간밤 거리를
내 바퀴를
내 가슴을 촉촉이 적시던 봄비 그쳤다

그득한 운무 헤치고 산에 올라
산정 표지석에
내 안의 젖은 것들 널어두고 말려야겠다

그 사이
복수초 움츠렸던 꽃잎 열어젖힐는지
너도바람꽃 수줍게 피어날는지

빈 하늘 만질 수 있을는지

그것은
아직은 모를 일이다.

노랑제비꽃

큰 고개 너머 산다는
꼬맹이 시절 동무에게 사십 년 만에 만나자는 기별을 넣고

잠깐이면 다다를 너른 찻길 놔두고
사동계곡 타고 묘적령 올라 묘적봉, 도솔봉, 죽령으로 이
어진 백두대간 걷는다

산 밑에 피어 흐드러진 참꽃
바람 시린 천고지 능선에는 가녀린 가지 끝에 봉울만 맺혔다

가파르게 오르내리는 능선 길 삼십 리
피나무, 층층나무, 까치박달, 노린재나무, 물푸레나무,
철쭉꽃나무, 함박꽃나무들이
서로서로 어깨 겯고 서서

희뿌연 잿빛을 뿜어내는 사월 초순
겨우내 마른 검불 헤집고 공깃돌인 양 노랑제비꽃 피었다

수줍어 꽃은
아주 작고 낮게 피어나고

한나절 꼬박 빌어
임이야 친구야 만나러 가는 길

지나온 길은 가늘어지고 길어져 아득하기만 한데

깊은 산 노랑제비꽃
꼬맹이 그 걸음으로 도솔천 이 산길 언제 가 닿으랴.

백운대행, 의상봉

백화사에서
의상봉 정면으로 치고 오르는 길은
길인 듯, 길 아닌 듯

가파른 험로라 두리번거리면
비탈에 선 한 그루 나무 어느새 온몸 내밀어
뿌리등걸이 받쳐주고 손때 묻은 나뭇가지가 잡아준다

매끄러운 암벽 만나 오갈 데 없는 듯하나
바위에도 파인 홈이 있어 딛고
돌부리 있어 잡아챈다

쏟아지는 굵은 땀방울, 당겨오는 종아리 근육
단내 나는 목구멍, 넘어갈 듯 가쁜 숨결
덥고, 벅차고, 숨찬 그 길에도

걸터앉고 주저앉아 몸 내려놓으면
바람은 불어와 꽃은 피고, 새는 날고
능선 위 구름은 간다

정녕, 나아가지도 돌아서지도 못하는 곳에
철봉이 있고 밧줄이 있어
허깨비 한 줄 곡선 그으며 의상봉 오른다.

백운대행, 원효봉

눈발 얼비추는 초겨울
원효봉 올라 냐옹화상들과 김밥을 나누어 먹었다

막걸리도 한 잔 권하였으나 화상께서는 사양하시었다

알록달록 얼룩무늬 전투복을 차려입은
일 개 분대 병력 화상들의 보급 투쟁 전략 전술은 이러했다

일단 새끼 화상이 선발대로 와
김밥 등속을 꺼내어 놓은 발치에서 가냘프고 애끓는 소리로
"니야옹" 하고 암구호를 건넨다

이에 못 이기는 척 내민 행인의 김밥 속
소시지와 삶은 달걀노른자 빛나는 전리품을 획득하여 맛
있게 먹는다

과일을 내민 손길 앞에서는 머리를 내젓는다

이러한 새끼 화상과 등산객의 수작을
멀찍이 지켜보던 어미 화상들이 한둘씩

슬그머니 다가와 보급품을 더 풀어놓으라고 으름장을 놓는다

거룩하구나!
냐옹화상들이여, 겨울날의 보급 투쟁이여.

백운대행, 숨은벽

가쁜 숨으로 기어오르는 벽
무릎걸음으로 호랭이굴 지나 백운대 향해 가는 벽
바람 몰아 구름 이고 일어서는 벽
인수봉 딛고 하늘에 치닫는 벽

설움 품고 해골바위 암릉 타고 오르내리던 벽
막사발 굽는 사내의 남루와 비루를 안아주는 벽
양반집 아씨와 숨어드는
도망질마저 품어주는 피안의 벽

바람 탄 까마귀 날갯짓
칡넝쿨 오작교처럼 휘감아 오르는 벽
눈물과 땀방울의 용오름
아득하고 먹먹하다가 쏜살같이 허방에 내리쏟기는 벽
하늘과 땅 사이
단 하나 아름다운 바위 벽

사기막능선 한길로 올라야만 뵈는 벽, 숨은벽······

백운대행, 삼천사

잉걸불 한 점 남기고 산은 다 타버렸다.

삼각산 문수봉 오르는 길은 마흔여덟 갈래가 다 정수이나 늦가을 내려오는 수순은 삼천사계곡 타고 내리는 것만 같지 못하다. 허나 이제 가을 깊어 산과 하늘을 불태우던 불꽃 다 사위고 절집 다다르는 길목에 한 그루 단풍만 남겨 놓았다. 돋을새김 바위를 빠져나온 마애불이 잉걸불 화로에 담아 이고 검은 구름 악다구니 세상을 향해 홀연히 걸어간다.

백운대행, 문수봉

삼각산 문수봉은 천원이며 방이다

문수봉 올라 사방을 보노라면
바둑판의 천원인 양, 윷판의 방인 양 큰 산 북한산 한가운
데 가부좌 틀었다

동쪽으로는 산성주능선을 따라 대남문, 대성문, 보국문,
대동문이 줄지어 서고
남쪽에서는 비봉능선이 향로봉, 비봉, 사모바위, 승가봉
을 몰아 비마처럼 달려오고
서쪽에서는 의상능선이 의상봉, 용출봉, 용혈봉, 증취봉,
나월봉, 나한봉을 일으켜 등뼈로 뻗대어 온다

사통팔달 꼭짓점에서
산에 난 모든 길의 유리걸식과 봉우리들의 오체투지를 지
켜본 뒤
곁에 선 보현봉과 나란히 합장하며
인수봉 국망봉을 거느리고 북두에 앉은 백운대를 알현한다.

어느 능선을 타고, 어느 봉우리를 넘어왔을지라도

문수봉 올라 보면 방에 든 듯 적멸이고 천원에 착수한 듯
보궁이다

어느 보살의 품 안이 이러할까?

백운대행, 진관사

한 점 가을 붉다
저 불쏘시개 하나가 열흘 이내 온 산 불사를 것이다

진관사 계곡으로 비봉 오르다
척후병으로 와 불붙은 한 점 단풍 본다

앞길에 놓인 능선의 숱한 잎들
점점이 붉게 물들이던 산사람의 걸음을 흉내 내듯
깊은 골을 걷는다

분홍으로든 주황으로든
누구의 손가락 마디 하나, 옷자락 한 뼘 적셔보지 못하
였으나

언제인가 내 심장은
격발의 순간으로 가쁘게 물든 적이 있었다

젖어 든 추억과 받아들인 기억
왼발 오른발 번갈아 디디면 어느덧 비봉과 향로봉의 갈
림길이다

가을빛 처연한 오늘
이왕이면 가파르고 험한 비탈길 택한다

무심한 내 발길은
젖은 잎 한 장 말리지 못하나

한사코 벼랑에 매달리던
그대의 심사는 한 잎 붉게 피워 온 산 불사른다.

백운대행, 의상능선

모멸감으로 제동 페달을 밟고 비애로 가속페달을 밟은 밤
자고 깨면 산을 오른다 북한산 의상능선 달린다

의상봉, 용출봉, 용혈봉, 증취봉, 나월봉, 나한봉, 문
수봉까지
토막 친 숨 토하며 일곱 봉우리 거침없이 탄다

무엇이 내 발길 능선 타게 하는가
무엇이 내 가슴속 엔진을 덥히는가

첫 봉우리 의상봉 올라 가쁜 숨 몰아쉬고
또 조금씩 높아지는 봉우리들
봉우리와 봉우리 사이 내리고 오르기가 마냥 벅찬데

한 발 걷는 발걸음이
지난 한 주 악다구니로 버틴 보상에 얼마만큼 값하는지
가늠해 본다

한 봉우리씩 올라 다리쉼할 때마다
한 주 견디어야 할 세상은 얼마큼의 인내를 강요할는지

생각해 본다

　아리따운 용출봉의 자태와
　아스라이 뻗은 비봉능선의 곡선과
　우뚝 선 삼각산 백운대의 위용을 위안 삼아 타박타박 걷
다 보면

　어느덧 가쁜 숨결 잦아들고 팽팽했던 다리의 긴장이 풀
리는 때가 있다
　이쯤이면 내딛는 걸음도 가야 할 산길도 무념무상
　소슬바람 불고 까마귀 날고 구름 흐른다

　배낭 메고 홀로 의상능선 타노라면
　도심 곳곳 바닥을 기던 능욕과 비애 사라지고
　굽잇길 환하게 꽃 피는 그런 때가 있다.

백운대행, 삼각산 여성봉

눈도 없는 겨울, 춥지 않은 계절에 지쳤다
석녀야! 네게로 간다
화계사 삼성각에서 삼배 올리고 낮도깨비 외뿔 휘어진 등
짝으로 휘적휘적 네게로 간다

석녀야, 사랑아!
보고 있냐, 네게 짝 지울 커다란 남근석이 둥둥 떠오르는
게 보이냐
스님 원효와 공주 요석이 원앙금침 아래 설총을 잉태하
듯, 파계의 몸짓인 양 한 발짝 더 담가 일심을 설파하듯, 달
지고 별조차 까뭇한 새벽이면 내 너랑 합방하리

헛된 말에 지치고, 변덕스런 살 내음에 지쳤다
별 바라기 석녀야!
훌훌 털고 네게로 간다
너에게 가 돌을 줄게, 네 자궁에 착상하는 돌을 들일게
돌이 자라 바위가 되고
바위가 커서 암벽이 되고
암벽이 쌓여 봉우리가 되고
봉우리가 또 봉우리를 낳아

끝내 별이 되는 화엄 우주를 보고 싶구나

나물밥 한 주먹, 막걸리 한 사발 먹고 마시고 간다
거친 손등으로 입술을 훔친 맨몸의 사랑, 맨바위의 에
로티시즘
네게로 간다
삼각산 석녀야!
아사달 아사녀가 나와 너의 전생이라면
먼 별에서의 후생 또한 탑 하나 쌓는 그 마음이려니
네게로 간다 네게로 가
네 속에 들어 다시 나오지 않으리
살과 피로는 다시 나지 않으리.

백운대행, 노적봉

다
벗어 주고
겨우
설피雪皮만 걸친
저
겨울 산.

겨울, 송추폭포

가물어 야위어가는 물줄기가
떨어져 내리다 일순간 멈추어 선 얼음벽을 본다

내 바퀴
저 빙벽을 타고 오르고 싶다

내 바퀴
하루 평균 열두 시간을 운행하며

삼백 킬로미터를 주행하고도
생계를 다 짊어지지 못하지만

석삼년을 하루같이 달려
도달하고자 하는 곳이 어디인지는 알 수 없으나

나는 바퀴 노동을 기꺼이 즐겨 하며
앞에 놓인 얼음 폭포를 기어이 오르고 싶다.

불암산 간다

나무야 나무야 불암산 소나무야
그대는 비애를 아는가
바위야 바위야 불암산 거북바위야
그대는 환멸을 아는가

나무야 나무야 불암산 푸른 소나무야
그대는 조롱과 멸시를 견디어보았나
의도된 오해와 음해를 당해 보았나

바위야 바위야 불암산 거북바위야
그대는 바람의 감언이설을 듣느냐
구름의 교언영색을 보느냐

흐릴 거라는 추측도
눈비 올 거라는 예보도 아랑곳하지 않고
배낭 꾸려 그대에게 간다

나무야 나무야 불암산 소나무야
바위야 바위야 불암산 거북바위야
그대는 아는가

산은 언제나 말이 없고
상처는 사람에게서 온다는 것을

사람에게 받은 상처
사람에게서 위로받는 아이러니를 그대는 아는가
나무야 바위야 불암산아
치유는 그대들의 몫
벗들 함께 그대들에게로 간다

나무야 나무야 바위에 뿌리 내린 소나무야
바위야 바위야 소나무 붙잡아 세운 마당바위야
친구들이 쏟아낸 깔깔 웃음을 그대가 머금는다
곁에 노닐던 작은 새 내민 여인의 손에 와 앉는다
앙증맞은 날갯짓 깃털로 떨구는 미소 한 조각 품는다

나무야 나무야 소나무야
바위야 바위야 거북바위야
산아 산아 불암산 너른 품아
나 그대에게 가 안긴다.

다시, 겨울 송추폭포

봄은
빙벽 속에서 온다

송추폭포가
봄의
신호탄을 장착하고 있다.

제2부 오래된 문장들을 바퀴 아래 깔며

강촌 삼악산
—철이 형께

구르는 거리에서 줄곧 산을 생각하는데
정작 산에 오면 삶의 경전 바퀴를 잊는다

바위산 강촌 삼악산 올라 바라본
의암호 붕어섬은 가자미과 도다리를 닮았는데
곤이라는 물고기가 저렇게 생기지는 않았을까 상상한다

오래된 문장들을 바퀴 아래 깔며
버거운 날들 버티어 산에 오르는 것이

곤의 비늘 하나, 봉의 깃털 하나
만지는 정도의 내공을 쌓는 일은 아닐까 싶기도 한데

소요유, 발치에도 가 닿지 못하나
맵게 추운 날 산 한 그루 마음에 심는다.

바퀴와 매미

빈집
벚나무에 걸어두고
그대는 어디로 갔나

땅속
긴 세월과
나무 위 한철의 생애를 생각한다

이승과
저승의 한 구비가
그대 아름다운 음률이듯이

나 역시
즐거운 노동 마치는 날
생의 누더기 느티나무에 걸어두고

십 년 바퀴의 우화등선
더 바랄 것 없는 소리로
목청껏 노래할 수 있을 것인가.

일침

버려진 자의 마지막 안간힘

비 적신 아스팔트 웅덩이
새벽 발기하듯 곧추서는 게 있다

녹슨 못, 끊어진 철사, 무디어진 나사
고인 빗물 딛고 수직으로 서

난자와 수정하는 정자처럼
찰나의 막무가내로 타이어 뚫고 들어와

속도와 속력을 제로로 하는 때가 있다.

와불

아하,
틈이 없다
모로 누운 채 시공을 빗겼다

포구에 버려진 그물망 뻘에 박힌 채 해 질 녘으로 묵히는지
개망초 뒤덮은 묵정밭 아까시나무 뿌리 내린 산비탈 되
었는지
그 사연 알 수 없으나

지금은
종로 5가
여기 와 누웠다

해안가 굽잇길
호젓한 솔밭 산길
몇 날 며칠 서성였는지 알 수 없으나

햇살 푸르던 공장 담벼락도 기댈 곳은 아니었는지
쪽방과 편의점을 오가던 골목길 한 줌 달빛의 추억은 또
어찌하였는지

머물던 곳
떠돌던 날의
먹장구름 속 알 수 없으나

종로 5가
택시 정류장 쪽 의자에 와
비스듬히 모로 누웠다

묵언 수행,
떠돌이 중 하나 들이는가

언제부터 박혀 있는 벽화인지 알 수 없으나
며칠 전 모습 그대로
흐트러짐 없이 단아하고 단호하다

때 전 외투에 얼룩이 진 가방 베고
사타구니에 양손 찌른 채로
돌부처 하나 들였다

내 바퀴는

출발도, 가속도, 제동도
다 잊고
슬그머니 곁에 가 저처럼 미동 없이 눕고 싶다
한 개 돌이고 싶다.

죄의 뿌리

세 치 혀의
독화살로 입힌 상처와
마음의 비수로
저지른
살생이 적지 않은데

어쩌자고
나는
스스로 유배를 풀고
얽히고설킬 말을 다시 내뱉고
발길 함부로 내딛는가.

도토리를 털다

　다람쥐 한 마리 살아있을 리 만무한 화정동 시가지 한복판 근린공원에서 옛 추억을 깨물어 보자는 선배 시인 박철 형의 꼬임에 작당하여 도토리를 털었다. 그가 망을 보는 사이 상수리나무에게 옆차기하자 후두둑 소나기 듣듯이 도토리들이 쏟아져 뒹굴었다. 마침 공원을 배회하며 떨어진 도토리를 줍던 할아버지 할머니 두 분이 얼씨구나 주우셨고 나와 박 시인도 대여섯 개씩 주워 주머니에 넣었다. 앙증맞고 토실토실한 가을 다섯 알을 식탁에 놓고 즐기다가, 동글동글 굴려가며 공기 놀다가 불현듯 산책 다니는 산길의 청설모가 생각났다.

　야트막이 지렁산, 배라산으로 이어진 산길 숲은 신도시 아파트 단지 사이에 용케 살아남아 소나무, 참나무, 야생 밤나무가 어우러져 제법 우거졌고 다람쥐와 청설모를 종종 마주치곤 했다. 숲에 철이 바뀌자마자 극성스런 이웃들이 매일 일삼아 밤이며 도토리를 쓸듯이 주워 갔다. 인간들 호사 취미에 위협을 느꼈는지 청설모 부부 한 쌍 달아나지도 않고 숲길 가까운 상수리나무 오르락내리락 한참을 시위 중이다.

숲속 길 한가운데 믿거나 말거나 청동기시대 고인돌 있어 그 바위 상에 도토리 열매 차려놓고 다람쥐와 청설모 숨탄것들의 안녕을 잠시 기원하였다. 이윽고 고수레하듯 다섯 알의 도토리를 숲속에 흩뿌렸다. 순간 후-두-둑! 소리 사위 그득하게 울려 퍼졌다.

민달팽이

찌들고 거칠어진 허접쓰레기를 아침 햇살에나 씻겨 볼 요량으로
어스름 새벽을 밟고 토함산 오른다

턱 밑까지 닿는 거친 숨을 쓸어내고 오른 산마루 정상엔
봄 억새 사나운 갈퀴처럼 휘날리고 창파 시린 물 너머

쌀눈처럼 어여쁘다가, 두 살 난 아가 입술처럼 붉다가,
역정 난 황소 눈깔처럼 무서운 해도 내보이지 않은 채

바다로 향한 골짜기를 타고 오르는 산발한 해무만이
찰나에 스러지는 소멸의 춤을 춘다

떡갈나무에 맺힌 찬 기운으로 빈속을 채우고 내려오니
석굴암 앞마당 안개 젖은 첫길을

집도 절도 걸칠 것 없는 민달팽이 하나
본존불 지켜보는 줄도 모르고
보드라운 흙살 밀고 끌고 지구 반 바퀴나 돌고 있다.

지상의 별

풀벌레 소리 잦아들고
별은 아스라이 가뭇없다
일순 바람 멎고 삼라만상의 숨결도 잠든 시간
보탤 것도 뺄 것도 없이

지상의 별
소금 찍어 소주 한잔한다
벗이여
나의 새벽 공양을 탐하지 말지니……

그와 함께 말라가고 있다

한여름 불볕이 수그러든 저물녘 뜨거운 지열을 피해
지렁이 댓 마리 잔디밭에서 기어 나온다

데워진 흙 속의 열기와 마른 뿌리가
그들에게는 이상 기온이었을 것이고

맨몸뚱이가 닿고자 하는 피안은
서늘하고 습기 충만한 흙살 속일 터이나

화단에서 벗어나 시멘트 바닥에 닿는 순간부터
안락과 휴식은 없다

제 아무리 타고난 은폐와 엄폐의 술수를
가졌다 해도 스며들 곳 없다

제 몸의 길이만큼도
나아가지 못하는 탈진의 형벌

이리저리 몸부림치나
말라비틀어지는 풍장의 시간

꿈틀대던 경련이 멈출 즈음
내 몸속 어디선가부터 그와 함께 말라가고 있다.

발가락을 찧다

아침 밥상 차리다
발가락 하나를 찧었다
부어오르고 까맣게 멍이 들었다

고등학교 한 학년을 남기고 가출한 적이 있다
남도의 거리에서, 골방에서
한 해가 다 가도록 죽음만 생각했다

끄적거린다고 시가 되는 게 아니고
바둑만 둔다고 일급이 되는 것도 아니며
죽는다고 죽어지는 것도 아니었다

왜 죽을까가 아니고, 어떻게 죽을까도 아니고
오로지 죽음이 무엇인가
그것만을 생각했던 한때와 같이

운동을 하며, 운행을 하며
하루 종일
발가락의 아픔만을 생각하는 것인데

아픔 멎고 멍 가시고 발톱 새로 돋으면
질 수 없는 판을 진 바둑의 행마처럼
훗날 흉터의 무늬로 호젓이 남아있을 것인가.

명징의 시간

장대비로 내리던 소나기 그치고 햇볕 더욱 뜨겁다
잔디밭을 헤치고 나온 한 뼘 지렁이 몇 마리
서둘러 갈 곳이 있는 양 놀이터 콘크리트 보도 위를 제각
각 낮은 포복이다

풀뿌리 드리워진 보드라운 흙살의 습기가 높았음을
맨몸으로 감지하였을 것이나 빗줄기가 부여한 명징의 징
후는
뿌리 내린 고구마 줄기와는 달리 붉은 지렁이의 오해다

한여름 수숫대처럼 두세 줄기 힘차게 뿌릴지라도
그 물기가 준 안온함은 순간이며
즐거운 유영의 시간 또한 찰나일 뿐

긴다,
사막처럼 말라버린 콘크리트 보도 위를
급기야 목숨 걸고 긴다

기는 것만이 제 행위의 모든 알리바이인
저 알몸의 환형동물은 헤쳐 나온 잔디밭도 기억할 수 없고

빗물 고인 구덩이 오아시스, 느티나무 그늘은 너무나 멀
리 있다

알 수 없음에, 돌이킬 수 없음에
오로지 체내에 보듬었던
한 방울 기포의 습기마저 소진시키며 알몸으로 긴다

기다, 이윽고 비틀린다, 비틀리다 멈춘다
멈추어 미라가 된다
분신이고 죽음이다, 죽음이고 소멸이다

그의 죽음은 한 줄짜리 명징이다.

명성산에서

애면글면 기다리던 기별도 덧없어라
산언덕 찬바람에 떡갈나무 잎만 날린다
온다던 사람 오지 않고
외로 난 능선 길에 싸락눈만 내려 쌓인다

애간장 녹여 놓고
애달픈 심사 흩어놓고
너는 어느 산속 길을 헤매는지
어느 깊은 골 꽃같이 숨었는지

그림자로 놀 양이면
숨바꼭질로 놀릴 양이면
올 듯 말 듯 끝내 오지 않을 양이면
아예 나타나지 말아라

가녀린 숨소리도 내지 말고
발뒤꿈치도 보이지 말고
분홍 머플러 한 자락도 날리지 말고
부디 꼭꼭 숨어있으라

산 넘어 산
그 산 넘어 또 산
가늘게 이어진 능선 따라 산은 끝이 없는데
너 없이 걷는 이 길이 허방은 아닌지

기다리라는 손짓인지
기다려도 소용없다는 손짓인지
돌아선 등 뒤로 억새꽃 가뭇없고
산을 내린 산정호수에 낮달이 떴다

다시는, 이제 다시는 흰 눈물 보이지 마라.

불혹의 사랑

두 큰물이 만나 허무에 접하는 곳에 섰다
물의 끝이자 다시 시작인 곳에 와 가없음을 생각한다

이 또한 가없지 않으나 나는 사랑을 믿지 않는다
흘러간 물과 흘러올 물의 순수성을 믿지 않는다
하늘거리는 물풀의 몸짓을 알 뿐 명사로서의 품위를 믿
지 않는다

신이 있다고 믿은 적이 있었다
마흔 넘긴 세상살이는 덤일 거라 여긴 때가 있었다
창조와 사랑은 신의 섭리가 아니라
인간의 몫이란 걸 덤을 살며 알아챘다

미혹되지 않는 사랑
마음에 있지 않고 마주 잡은 손끝의 떨림에
머릿속에 거하지 않고 두근거리는 가슴에
정신의 위무에 있지 않고 육체의 환희에 있음을 안다

불혹의 사랑은
쌀 한 가마니의 대가를 치르는

하루치 노동의 품삯을 지불하는
하다못해 중고품의 물물교환으로라도
결산이 따르는 방정식임을

물의 끝과 시작인 곳에 와
불혹의 안개비를 고스란히 맞고 섰다.

늦가을 행주강에서

물결 뒤척일 때마다
돌아눕는 비늘
그 비린 물 내음으로 살라 하네

버들가지에
드리운 수줍은 웃음
아득히 추억으로 살아가라 하네

국숫집 푸짐한 잔치국수로나마
그리움의 허기 달래라 하고

나누어 마신 한 잔 커피의 온기로
긴 세월 잊지 말라 하고

강둑에 핀 들국화
향기 한 조각 누구에게든 주지 말라 하네

맞잡았던 두 손에
찰랑이는 낮은 물소리
두고두고 혼자 회상하라 하네

뒤척일 때마다 빛나는 물결

짧은 시간 내 가슴으로 흘렀으나

이제 긴 세월 타인의 강으로 바라보라 하네.

동정童貞의 본적지

파도에 튕긴 예광탄의 흩어지는 불꽃
명중하지 못한 열정은 유선으로 흐르기 마련이다

순정이 끝나도 식지 않는 것은 너에 대한 사랑이 아니라

전투호에서 지낸 숱한 불면의 밤 판초 우의 속
전투복 바지를 뚫을 듯 솟아나던 뜻하지 않은 욕정이다

해안 솔가지에 내려 쌓이던 폭설
시리게 기어 올라와 코와 귓불에 맺히던 얼음 알갱이

이념이 시대를 방기하고
당위가 과정의 궤도를 뿌리쳤든가

헛된 삽질의 모래 쌓기와
물 섞은 풀로 봉하던 부재자 투표용지의 헤벌어진 봉투
같았던 허우대,

허우대를 끌고 화양리에 갔었다
하릴없는 내 청춘의 본적지

통/반/번지수가 반달처럼 걸린 거리

취기와 객기로도 유리문을 깨거나 닫지 못해 몇 번을 망
설이고

표적 잃은 순정은 높고 외롭지만
가늠이 쉽지 않아도 열정은 격발의 유혹이 있기 마련이라고

오 촉 전구 붉은 진열장 앞에서 길게 서성였다

내 믿음이 헛되었듯이
네가 처음 사랑이라고 말하지 않았으면 좋겠다

현상과 본질의 번지수를 알 수 없을 때가 많듯이
호적의 본적지가 사는 주소와 같을 수도 다를 수도 있듯이

어디라도 뿌리내려 피는 꽃들의 화원이
긴 세월 부대껴 잊지 못하는 애증의 이끼가 고향이라면

그날 하룻밤 풍설을 비낀 그곳
잉걸처럼 타오르다 찰나에 스러진 유탄과도 같은

나의 화양리는 내 동정의 본적지.

제3부 시대와 불화한 자의 초상

삼 년이면

삼 년이면
냇가 미루나무 키는 얼마만큼 더 자라나
삼 년이면
공원의 느티나무 얼마나 더 많은 잎사귀 하늘 향해 뻗
어 올리나
삼 년이면
아이들 봉숭아 물든 손톱은 몇 번을 잘라주어야 하나

일천 일이면
피지 못한 꽃들은 어느 나무에 가 봉오리를 맺나
일천구십육 일이면
광장 촛불의 빛은 어느 별에 가 닿나
세 해가 다 지나도록
젖어있는 여린 혼백은 언제 햇볕을 쬐나

삼 년이면
어미 가슴에 돋는 슬픔의 나이테는
아비 가슴에 돋는 분노의 나이테는 어떤 문양으로 새겨
지는가?

그 일

그 일은
불덩이를 삼키는 일
지방과 단백질과 힘줄을 차례로 태우는 일
아침이면 불 들여 사리를 굽고
저녁이면 구운 소금을 캐는 일

그 일은
단 한 방울의 물기마저 짜내어
사막을 걷는 일
그늘 없는 모래언덕 마른 나뭇가지에
손차양을 만들어 거는 일

그 일은
갈비뼈 풀어헤쳐 내장을 내어놓는 일
내어놓은 허파로
대머리 독수리를 부르는 일
부려놓은 창자 새들의 부리로 쪼게 하는 일

그 일은
자식 잃은 아비가

자식 가진 모든 아비의 가슴에 뜨거운
빗줄기로 젖게 하는 일
후드득 듣는 소나기 광장에 촛불 하나씩 밝히는 일

46일 동안의 그 일,
2014년 7월 14일에서 8월 28일까지
이후에도 오랫동안 유민 아빠라는 이름의 박꽃 웃음
조롱과 멸시 살 베어 견디고 뼈 깎아 버티며
야윈 솟대 하나 높이 세우는 일……

스라소니

천부적 싸움꾼이 있었다
앉은자리에서 대여섯 걸음 훌쩍 날아오른
박치기에는 당할 자 없는
오체투지하는 맨주먹 싸움의 가히 예술이었다 한다
일대일 싸움에서 그가 한 번이라도 진 적이 있었는지 없
었는지
나로서는 알 수 없으나
객기와 울분만큼 따라주지 못하는
근력과 스피드를 기준으로 또
카더라 통신의 일설과 풍문에 따르자면
그는 신화이자 전설이었다
신의주, 상해, 만주, 서울을 주먹 하나로 아우른
그야말로 동아시아에 적수가 없다 하던
그가 왕창 깨졌다
그를 깬 것은 조직화된 폭력들
야구방망이, 야전삽, 손도끼 등 비열한 흉기들인데
그가 깨진 것은 협소한 장소가 원인이었다

최근에도 한 스라소니가 있었다
고독한 그의 마지막 발을 딛게 하고

최후를 지켜본 것은 부엉이바위였다
일찍이 싸움에 임해 그는
대세와 힘의 논리로 치면 무모하기 이를 데 없는
사즉생의 깡이라면 깡인데
'원칙을 지키면 진다 어떻게 하겠는가?'
'그렇다면 지겠다'라는
이를테면 벼랑 끝의 비장한 정면 승부로
예의 그 원칙론이 이기기도 하였으나
만연한 비겁의 처처에서
끝내 졌다
그를 깬 것은 재벌과 학벌, 지역주의와 언론이라는 흉기들
그리고 몰이해의 시간들
그는 졌으나 스스로 졌고 싸움은 역사가 되었다
패할지라도 걸어가야 할 길은
맨주먹 스라소니들이 싸워야 할 미래가 되었다

전설의 스라소니는 공간이 제약이었고, 역사의 스라소니
는 시간이 제약이었다.

리영희

먹먹한 허공에서 눈이 내렸다
전조등에 비친 눈발은 불쑥 튀어 오르는 튀밥인 양 눈부
시다

어둠이 천천히 물러나며
길과 길 아닌 것의 경계가 위태롭게 그려졌다

바람 몰아치며 눈이 날리고,
바람 잦아들 때 논둑, 밭둑, 봇둑에 눈이 쌓인다

마을과 들과 산에 난 길들
부윰한 빛으로 비산비야의 설경이 가뭇없다

지워진 길, 가려진 이정표
벌판 위로 새벽 까마귀 한 마리 날아오르며 길게 울음 운다

잠시 운행을 멈춘 택시
라디오에서 탁한 음성이 쉿소리로 묻어난다

새벽이 가고 기침처럼 아침이 온다

한 생애가, 한 시대가 그렇게 막막하다

눈이 내려 쌓였고, 파주 벌판이었다.

김광석

젖은 듯 보송보송하고,
서걱서걱한 듯 촉촉하고, 즐거움인 듯 아파하고
그 아픔 다독여 어루만지는

쓸쓸한 남자의 중얼거림인가
애달픈 가객의 한 소절 시름인가
세이렌처럼 파고드는 샤먼의 주술인가

뼈마디 꺾이는 무료,
충만 속의 무료가 짖어내는 음률이,
젊은 한 시절의 가락이 옛날인 듯 아닌 듯 들려와

지나는 거리에도,
거친 술잔 탁자에도,
홀로 앉은 방 안에도 그가 들려와

심장에 젖어 들어
심장에 젖어 든 박동은
부드럽게 목을 타고 흘러넘쳐

신파인 듯 아닌 듯,
꿈인 듯 생시인 듯,
거리에서, 술집에서, 방 안에서

가고
없는 오랫동안
없이 살아야 할 남은 날들도

있는 듯, 없는 듯
흐느끼는 듯, 속삭이는 듯
그렇게

짧은 생애
세상 노래하고 갔으니
이제 세상이 그대 노래해야 하리……

시대와 불화한 자의 초상

내게 시집 크기의 음영이 짙은 초상 한 점 있다
아침 거른 분주한 출근길에도 서류 가방 챙기듯 들고 보고
다들 퇴근한 늦은 밤에도 이제야 내 시간이려니 느릿느릿 들여다보는
누렇게 퇴색되어 빛바랜 흑백의 표구 한 점 있다

흰 저고리 상투머리 굳게 다문 입
불거진 광대뼈에 타오르는 불온한 눈매
백 년 세월도 아랑곳하지 않는 너른 이마에 봉분처럼 솟은 혹

시대와 불화한 자의 매서운 눈초리가
순응과 적응의 내 일상 저편에서
횡설수설 왁자지껄한 술집의 벽 위에서 줄곧 노려보는데……

까막눈처럼 속이고 물끄러미 바라보는 사발통문 한 장 있다.

모란공원, 사계

모멸이 얼음덩어리로 박힌 가슴팍으로나마
기어이 오면
이 언덕엔 어느덧 노랑제비꽃 피웠다

멸시와 비웃음 뒹굴고 비겁과 굴종이 길에 차이는 발걸음
이곳에 오면
두터운 먹장구름 아래 곧추선 물푸레나무 서슬 푸르다

구르는 비애와 날리는 체념 끝에
이곳에 오면
짧게 살아 푸른 잎, 끝끝내 살아낸 붉은 마음 어우러져
피었다

북풍한설 서리 내려 무덤을 덮고
죽은 듯 산 듯 허깨비처럼 걸어
얼음장 밑 흙살에 가 박힌다 한 줌 제비꽃 피워 올릴 뿌
리 하나……

볍씨 한 가마 보리 서 말

봄밤 비는 내리는데
내 노동 잠시 접고
예서 바로 바퀴 갈아타고
고향에 가
가뭄에도 장마에도
곡식 싹 상하게 하는 일 없었던
아버지 어머니
산소에 엎드려 울고 싶다
묻고 싶다
손끝 문양 지워지고
손톱 갈라져 빠지고
손가락과 손목이 골절되도록
맞잡아 준 손 하나 없었던
빛바래어 더욱더 희어진 아이들의 손들을
어쩌면 좋겠냐고
저기 저 진도 바다
보리 새순 같고
벼 이삭 같은 자식들
갯물 들어 부어오른
허튼 몸집을 어쩌면 좋겠냐고

건지지 못하고
건지지 아니하고
물에 썩혀 버릴 양이면
새싹 하나 움 틔우지 못할 양이면
볍씨 한 가마
보리 서 말 남기고
차라리 망해 버리자
폭삭 썩혀 갈아엎어 버리자
갈아엎은 후에야
씨앗을 묻고
씨앗이 삭은 후에야
새싹 돋아 오르나니
가뭄에도 장마에도
새순 상하게 하지 않는 손
이삭 곱게 키우는 아비 어미의 손
이윤의 더러운 때 타지 않은 손으로
볍씨 한 가마
보리 서 말 남기고
거기서부터 다시 시작하자

신원의 유월

유월의 검은 구름 아래 나리꽃 피었다
물기 보듬은 남풍 불어오고
붉고 고운 산딸기 송이송이 맺혔다

그날 이후
어른 엄지보다 굵은 살찐 가재가
지천이었다는 계곡에 물이 흐른다

한낮의 골짜기
음흉한 세월처럼 검붉고 검푸르다
산발한 구름의 소문은 흩어지고 모이길 번갈아 한다

살아 고통이었다 할지라도
단 하나의 목숨, 단 한 번의 이승
죄 없이 총알에 구멍 뚫리고 과육처럼 짓이긴 채 버려질 수
는 없는 노릇

어느 입으로 인간의 일이라 하랴,
그나마 얼어 누운 백골 언덕
반백 년 쓰러진 비와 쪼아진 비문 어찌 사람의 일이라 하랴?

초여름 골짜기 검은 구름 아래
나리꽃 핀다
산딸기 붉게 익는다.

고로쇠나무가 인간에게

인간의 위장은 온갖 욕망들로 다양하나
나는 방어기제를 갖지 못했다

봄이면 득달같이 달려와
한 해 온전히 농축한 수액을 수령해 간다

나의 안녕이나 숲과의 조우 따위는
관심 밖의 일이다

내 줄기에 흐르는 푸른 피가
그들 몸 어떤 처방에 도움이 되는지 나로서는 알 수 없다

구멍 뚫고 호수 박아
얻고자 하는 육체의 환희를 나는 이해할 수 없다

그들이 내게 하는 가학은 온당치 못하다
나는 마조히스트가 아니다

숲의 정령이 우리에게 가르쳐준 것은
만물과 매한가지로 한 생명일 따름이며

우리네 날숨이 그네의 들숨이며
그네의 날숨이 우리네 들숨이다

멈추지 않는 호흡과 호흡이 숲을 이루고
숲이 없다면 그대들도 없다.

내가 불리고픈 이름은

내가 불리고픈 이름은 정기복이 아니라
앉은 황소, 점박이 독수리, 용감한 새, 곰이 노래해, 검
은 고라니……

내가 부를 이름은
강신대, 방민호, 신동호, 김한수, 김주대, 박성식……
아니라
푸른 천둥, 까마귀 발, 옥수수 심는 자…… 와 같이

대지에 박힌 모든 나무와 풀과 꽃에 깃든
정령이 부여해 준 생명의 이름으로 불리고 부르고 싶다

초록 나뭇잎을 흔들고 지나는 바람
호수에 흩뿌리는 비가 그려내는 동그라미와 함께

죽음이 끝이 아니듯 죽은 자와 산 자 살아갈 자를 잇는
몇 날 며칠 먹지도 잠들지도 않는 태양 춤의 춤사위로

도시 문명의 잡식성과 갖은 욕망에 찌든 자의 헛된 잠꼬
대일지라도

맑고 밝게 빛나던 인디언의 영령으로

점점이 스러져간 맑은 영혼의 망명객일지라도
창씨하고 개명하여 살고 싶다

면역력 없는 야생으로
황포한 도시에서 몰려온 정체 모를 병균에 감염될지라도

대포와 총성에 살과 귀를 찢기고
화염과 화약 연기에 태워지고 질식할지라도

치유와 환원의 마지막 남은 방식은
나와 너와 우리의 이름이 어린 늑대로 불리어지는 게 시
작일 터.

꽃과 불

큰 산불에 타 죽은 나무들
무엇도 날 것 같지 않은 검게 그을린 땅에서
아기 손 고사리 솟는다

한 줌 온기 없는 거리, 질식한 민주주의 광장에 촛불을 켠다
마주 선 단 하나의 촛불, 물에 젖어있는 아홉 개의 촛불,
  공허하게 타버린 삼백사 개의 촛불, 일어나 이만오천 개
의 촛불을 켠다

산기슭 그을렸던 자리를 지우며 초록이 솟아 자라고
타버린 나무들 사이에 분홍 봄꽃이 핀다
피어 흐드러진다

오만의, 이십오만의, 오십만의,
백만의, 천만의, 오천만의, 칠천만의 촛불,
촛불, 촛불, 촛불……

광장에서, 거리에서 촛불을 밝힌다
일렁이고 출렁이다 고요히 멈춘다, 멈추다 다시 출렁이
고 일렁인다

불꽃의 물결이 된다, 마침내 산하에 굽이치는 불이 되고 꽃이 된다.

물수제비뜨는 손이 아니라면

소백, 태백 허리 감아 흐르는
강산의 젖줄 건들지 마라

물수제비뜨는 아이들 손 아니라면
저물녘 고된 일 끝낸 아비들의 씻는 손발 아니라면 건들
지 마라

여울 속 자갈밭 노니는 쏘가리
모래 헤집어 산란하는 모래무지 지느러미 아니라면 건
들지 마라

천둥, 번개, 장대비
내리쏟기는 시뻘건 황토물에나 맡겨 두고

내가 죽고 네가 죽고 우리가 죽어도
끝끝내 흘러야 할 어미 젖가슴에 대고 삽질하지 마라.

숯불과 돼지갈비

눈에 보이는
불꽃은
겉을 태우나

눈에
보이지 않는
불꽃은
속을 익힌다.

빛의 환쟁이

닭을
만나면 닭과 놀고

까마귀를
만나면 까마귀와 같이 짖고

물고기와
만나면 물고기 함께 헤엄치고

바다 건너 떠나보낸
두 아들 불알 두 쪽 붉게 칠하던 사람

가난과 외로움을 담배 종이에 새기며
앙상하게 야위어가던 한 마리 소

인간의 말을 잃고
소의 말*로 대신하며

색은 버리고
빛을 취해 쓰러진 붓

뼈만 남아
'가슴 환히' 열어 헤친 황소, 빛의 화가.

* 「소의 말」: 화가 이중섭이 남겼다는 유일한 시. 시의 전문은 이렇다.

소의 말

높고 뚜렷하고
참된 숨결

나려 나려 이제 여기에
고웁게 나려

두북 두북 쌓이고
철철 넘치소서

삶은 외롭고
서글프고 그리운 것

아름답도다 여기에
맑게 두 눈 열고

가슴 환히
헤치다.

도토리와 시집

트럭 노동자 임성용의 시를 읽다

산책길에 떨어진 도토리를 일삼아 주워 숲속에 흩뿌렸다

후두둑 소리 그윽하다

한 편 시는
미국의 스텔스 전폭기보다 용하고

한 알 도토리는
북조선의 핵미사일보다 값지다

지구 살리는 일이 이러하다.

제4부 이 강에는 다리도 참 많다

나리꽃이 내게 이르기를

손짓하지 않았다. 측백나무 울타리 곁에 서서 비바람에 흔들리었다고 네게 떠나라 이른 것은 아니었다. 네가 집을 나선 것은 시리고 아린 나날 새벽 기차의 기적을 못 견디어 한다 추측할 뿐 빗방울 맺힌 잎새와 고개 숙여 핀 꽃잎의 가련함은 내 의지와는 상관없는 일. 나는 다만 갈라진 손마디로 휘저어 붙잡는 네 어미의 젖은 소매와 휑한 눈을 바라보았을 뿐, 마당 한 귀퉁이 장독대 정화수 흰 사발 바라보았을 뿐…… 하늘거리며 서서.

맨 처음 그날 철둑 넘어 산비탈에 선 내게 왔다 네 마당가에 나를 데려간 일은 네 여린 성정 탓이겠으나 유혹하지는 않았다. 보드라운 꽃술로도 어지러운 향과 색으로도 너를 부여잡고자 하지 않았다. 우연이나 인연조차도 내 바람과는 관계없는 일. 뿌리가 뽑힐지라도 대가 꺾일지라도 줄기가 잘릴지라도 검게 빛나는 주아가 눈물처럼 달려 있는 한 새벽이슬 네 마당가에서 그러하듯 나 아니어도 꽃은 네 발길 지나는 곳 어디라도 피어났을 테니. 떠나고 돌아옴을 지고 다시 피움으로 마냥 우두커니 지켜보고 있었을 뿐.

용부원리 강신대네 사과밭에는

용부원리 강신대네 사과밭에는
주홍의 시간이 영글어가고 있다

바람꽃이 지구를 꼬옥 싸안을 때
검은 별들이 들어앉더니 곧게 가부좌 틀었다

달 없는 밤이면
멧돼지 가족들이 밭을 일구다 가고

씨줄 날줄 거미줄이 이슬을 구슬로 꿰는 아침이면
가을로 난 길을 걸어 햇살 알알이 스민다

소백산이 거느린 높고 낮은 산등성이들이
볕과 그림자로 번갈아 한낮을 들여다보노라면

곱게 빛나는 한 무더기 붉은 시절이 촘촘히 익어가고 있다
용부원리 강신대네 사과밭에는.

참꽃술

문둥이 달밤
간 빼 먹는다는 애장 무덤이
칡뿌리로 널린 앞산에
사월이면 진달래 꽃불이 났다

허기진 배
알싸하게 아파오도록
꽃잎 따 먹던 아이들
입술 꽃물 들어 내려가고

저녁 뻐꾸기 울음소리
으슬으슬 무섬증이 땅거미로 내리는데
누나와 나
아버지 허리 병 생각

꽃술 항아리
처마 밑에 묻은 밤
부엉이 울음
밤 깊도록 구슬펐다.

두릅

녹슬어 가는 문을 열고
산중에서 보낸 봄이 왔다

잠든 문장들로 빼곡한 내 방에
두릅 새순으로 왔다

죽령 너머 소백산 동남쪽 산기슭
풍기에서 왔다

겨우내 언덕에 서서 북풍한설 맨몸으로 견디고
봄기운 돋은 새순이 왔다

쓰다 만 글 줄기 시든 말줄임표
이파리 화분이 놓인 내 탁자에

어머니 손길로
누이의 정성으로
연인의 애틋함으로 왔다

환란 중에도 깃든 목숨들

품어 살린다는 포란의 땅에서

민들레, 머위, 쑥과 함께
종이 먼지 가득한 활자의 내 방에

푸른 물의 포자로
풋풋한 아기 솜털로 왔다

계절을 잊은
먼지의 내 방에 봄이 왔다.

한강에는 다리가 많다

바람에 곰팡이가 묻어있다. 뿌연 물길 속 맨발의 양복이 떠내려온다. 퉁퉁 불은 근육들이 무섭지 않다. 일상을 무서워하기에는 누구나 바쁘다. 그렇다 하여도 탁한 부유물 중에서도 덩치가 너무 커 강에게는 실례를 물에게는 잘못을 범했다. 통장의 마이너스 숫자가 콩나물처럼 자랐거나 체구에 비해 터무니없이 비대해진 빌딩에 대한 울분이 원인이었겠지만 나의 아버지는 평생 통장 없이 빈 지게로 살다 이 강의 상류에서 생을 마감했고 긴 세월 부유해 어제나 내일쯤 이곳을 지났거나 지나칠지도 모른다. 이곳의 안개는 알코올을 데려와 노니길 즐겨 한다. 아버지도 알코올에 젖어 살았다. 저녁이면 안개를 뿜어 집 안을 가득 채웠었다. 내가 친구로 하는 이도 실은 안개다. 때때로 나 또한 몽롱한 습기를 아내에게 뿜고는 했다. 그는 어느덧 나와 일심동체다. 눈동자 없는 동공이 낯설어 휘휘 저어보아도 이내 그는 사람 형상을 갖추고는 한다. 축축한 끈적임이 불쾌하긴 하지만 참기로 한다. 아버지의 지게작대기 없이 수십 년을 견디어왔다. 야릇한 유혹의 손짓이 아니라도 인내심이 없다면 난간에서 뛰어내리거나 홀연히 걸어 들어가 강물 속에 네모의 방을 짓고 부유하는 삶을 살아야 한다. 당연하지만 구두는 벗는 게 좋다. 어릴 적 마흔까지만 살고 싶었다. 첫 사랑은 아직도 그렇게 믿어 의심치 않을 것이다. 그러나 흐르는 물 앞에서 맹세를 고쳐먹었다. 돈으로 안개를 산다거나 돈으로 돈을 산다거나 마찬가지로 강을 살 만한 돈을 가졌거나 한 평짜리 물의 방도 얻지 못하도록 돈이 없거나 거기서 거기이듯 습기는 늘 곁에 있는 친구이며 취기 가시면 새벽이라든가 아침이라든가 낯선 환영이 일상이 된 지도 꽤 오래다. 하여 안개가 산 만큼은 살아둘 생각이다.

그런데 이 강에는 다리도 참 많다.

흰 나방

머리에 나비가 앉고부터
어머니는 말을 비우고 기억을 지우셨다

기력이 쇠하며 창백한 피부가 박꽃처럼 희었고
입에서 나방들이 날아 온 방 가득 채웠다

방문을 열면
결 고운 송이 포자가 집 안 곳곳 묻어났다

겁을 되짚어 이따금
살아계신 듯 아버지를 부르셨고

내 나이 세 살인 듯 어루만져 찾으셨다

살아 모진 바람이었던 아버지
일찍 생계를 짊어진 면서기 큰아들

열세 살 여린 몸 식모살이 간 큰 딸아이
늦게 본 막내 야윈 얼굴

여섯 남매 옹알이의 한때가
끝내 지워지지 않는 정겨운 문양이었을까?

나지막한 정적의 손짓도
간절한 눈빛도 어느덧 사그라들고

바람에 감꽃 지듯,
저고리 고름 풀리듯 사르륵 연을 놓으셨다

붉고 푸르던
기억의 섬유질들이 어머니를 떠나며

한살이가
흰빛으로 방 안 가득 눈부시더니

엄지손가락만큼
작고 흰 누에고치가 되어갔다.

싸리 다래끼

싸리 다래끼 둥둥 떠간다
낫 한 자루 호미 한 자루 간다

풀 올무 돌부리 피해 질경이 토끼풀 밟고
검정 고무신 간다

철둑 넘어 황토밭 길
찔레꽃 머리 이고 간다

수숫대 옥수수 이파리 와스스 이는
바람으로 간다

까막눈 어머니 다래끼
막내 흰 편지 까만 글 담아 가신다

싸리 다래끼 가득
감자 고구마 고추 올망졸망 철 따라 오시더니

삭은 고춧대 옥수숫대 고구마 줄기
싸리 다래끼 덩그러니 버려두고

식은 손발 삼베 꼭꼭 싸맨 채

진 황토밭 가셔서 오시지 않는다.

어머니와 미역국

어느
먼
아득한
날의
가난한
밥상머리
미역국
한
그릇에
똑
떨어져
퍼지던
참기름
한
방울의
황홀한
문향.

상처의 향기

새털 같은 제 삶의 무게도
감당하기 힘에 겹다는 듯 스산하게 낙엽 지는 날

고향 집 마당 들어서다 갈바람 쏠려가는 측백나무 울타
리 밑
마침 생장을 마친 모과 하나 툭 떨어져 뒹구는 것을
얼결에 흙먼지 털고 주워 든다

어머니 한 눈 상하신 채
살아낸 세월이
노란 모과 닮았다는 생각 불현듯……

무심히 책장에 놓아둔 그놈
은은히 향기 뿜어내는 게 아닌가

다가가 살펴보니
제 살 썩혀 발하는 저 놀라운 살신성인

어머니 상처의 향기 내 몸 가득 짙다.

금수산

오랜, 아주 오랜 옛날 단양 고을 적성 금수산에 겨드랑이에 솟은 날개 숨긴 두 거인 남매 숨어 살았다. 우애 좋은 남매 장수가 두려운 나라님 한 봉우리씩 성을 쌓되 늦는 이는 죽음을 면치 못하리라 하였다. 하여 그날로 흙 다지고 바위 부려 각기 성을 쌓기 시작하였다. 손톱 바스라지고 사지 온전치 못한 채로 두 성이 팔 할가량 축조될 즈음 아들 염려한 어머니 누이 성에 올라 팥죽 져 나르며 아가야, 아가야 네 남동생은 아직 멀었다. 식기 전에 팥죽 먹고 하려무나. 얘야 제발 먹고 하려무나. 어머니, 동생도 먹었나요, 제 동생도 이 맛난 팥죽 먹었나요? 아무렴, 아무렴 아가야 쉬었다 하렴. 천둥 번개 세찬 빗물 골 깊은 남한강 물길 밤새 뒤척이다 맑게 갠 이른 아침 드디어 완성된 동생의 성 망루로 쏟아져 비추는 아침 햇살, 팥죽빛보다 더 붉은 아침 햇살······

누이야, 누이야. 방과 후 소 뜯기며, 토끼풀을 뜯으며 바라보는 금수산에 팥죽빛 놀이 길게 누운 누이봉우리 위에 항시 붉게 피어남을 땅거미 내리고 밤안개 젖을 때까지 하염없이 바라보다 봉긋 솟은 얼굴바위와 젖가슴바위의 자태가 누이 같아 내가 가보지 못한 마산 수출자유지역과 야간학교를 상상했다. 허기진 저녁 하굣길 어둠에 길게 드러눕는 누이봉우리가 마치 미라 같아 그 무섬증에 자전거 페달을 미친 듯이 밟아대고는 했다. 누이야, 누이야. 70년대, 80년대를 겨드랑이 날개 접은 채 살아온 누이야. 식모살이로, 고무 공장으로, 수출자유지역으로 그렇게 팥죽에 팔려 간 누이야. 뜨겁고 쉬이 배 꺼지는 팥죽 먹은 누이 덕에, 드러누운 채 박제된 누이 덕에 내가 있다. 우리가 있다 누이야!

내 가거든 두 아들에게

허깨비를 애비로 둔 죄라면 죄
의상능선 의상, 용출, 용혈, 증취, 나월, 나한, 문수 일
곱 봉우리에 뿌려라
봉우리와 봉우리 사이 바위와 소나무 밑동에 흩어놓아라

비봉이 이고 선 하늘에
해 뜨기 전
누구도 오르기 전 새벽 여명을 향해 뿌려라

승가봉 지나 문수봉 오르는 암릉길
문득 돌아보면 아득한 세상
그 벼랑에 뿌려라

사기막능선, 이제는 한결 친근한 해골바위에
바람 타고 일어서는 바위 벽,
용오름으로 허공 치닫는 숨은벽에

한 줌 남겨 바위꾼 용모 아저씨께 전해라
다행 친구에게 힘이 남아있어 밧줄 탈 수 있다면
이승에서는 닿을 수 없었던 인수봉

살다 간 흔적 남기지 말고
연필 깎는 칼로라도 이름 석 자 아무 데도 새기지 말고
인수봉 꼭대기 지나는 바람에 흩뿌려 주길……

이 땅의 시시포스

시시포스가 신의 형벌이라면
이 땅의 택시 노동자는 소자본의 형벌이다
무너진 중산층의 가장
퇴출당한 지식 노동자
전문 기술을 익히지 못한 노동자가
쉽게 선택하였다가 쉬이 벗어나지 못하는
바퀴의 형벌이다

우리의 노동은
팔과 다리만을 사용하는 단순노동인 듯하나
긴장의 연속으로 뇌세포를 지워나가고
무릎도가니를 깎아내고
망막을 혹사시켜 시력을 잃어가는
하루 12시간, 주당 72시간, 한 달 만근 26일로
닳아가는 시간의 형벌이다

우리의 바퀴는
일 년이면 78,000km 지구 두 바퀴를 도는
긴 여정이나
목적지에 다다르지 못하였고

지구 세 바퀴씩 십 년을 돈다 하여도
요원한 휴식과 안식의 뺑뺑이인지 모른다

문명과 문명을 시공간으로 잇는
바퀴의 역할과 운명을 믿어 의심치 않으나
이 땅의 바퀴 노동은
시시포스처럼, 스키드 마크처럼
깊은 주름의 골을 하나씩 그어가는
둥근 생애 전반에 걸쳐있다.

콜 하시라

급한 일이든 한가한 일이든, 차를 마시든 술을 마시든
행여 그대가 일산을 오가시려거든 호출하시라

나는 항상 준비하고 대기하여 신속하고 안전하게
닿고자 하는 곳에 그대를 데려다줄 고양시의 3027호 택
시 기사다

라페스타, 웨스턴 돔, 로데오 거리를 가시려거든
번화가, 관공서, 고급 아파트 단지를 가시려거든
길에 널린 다른 택시를 이용하시고

성석동 잣골, 사리현동 은골, 효자동 사기막골, 원흥동
가시골, 구산동 노루뫼와 거그메…
골과 뫼와
선유리, 내유리, 벽제리, 도내리…
아직도 리와 마을로 불리는 동네로 오시려거든

추적추적한 빗길 눈길,
교교하거나 어두컴컴한 밤길, 농로이거나 비포장도로

도둑고양이를 피해 고라니 멧돼지를 비껴
그대가 내리면 하릴없이 빈 차로 돌아가야 할 그런 곳

불러 촌스럽고 촌스러워 눈물 나는 골에 가시려거든

핀잔 섞인 말과 짜증스런 운전 행태에 내 돈 내고 맘 상하지 말고
스스럼없이 주저하지 말고 3027호를 호출하시라

강남, 잠실, 광화문, 홍대 앞 가시려거든 다른 차 이용하시고

이승 그리운 사람들이 모여 사는 벽제와 그 너머 용미리,
얄궂은 운명의 감악산 골짜기 내림굿당,
맺을 수 없는 하룻밤 풋사랑 연풍리 용주골,
망향의 서러운 강물 출렁이는 임진강 나루 가시려거든
호출하시라

행여, 그대가 고양을 오가시려거든 콜 하시라.

자유로와 통일로를 달리며

쓰레기 매립지 난지도에서 시작한 자유로는 한강을 따라 달리고, 서울역에서 출발하는 통일로는 북한산을 끼고 북쪽을 향해 뻗어있다. 하루에도 몇 번씩 자유로와 통일로를 달리다 보면 생각의 파편이 불쑥불쑥 날벌레같이 차창에 달라붙는다. 마음껏 자유를 느끼시라고, 방종도 자유라고, 막히거나 멈출 자유는 없다는 듯 사거리 교차로 빨간 신호 하나 없이 임진각 돌아올 수 없는 다리까지 자유로는 논스톱이다. 좁은 폭과 잦은 굴곡, 삼거리, 사거리마다 횡단보도와 황적색 신호에 긴장하고 수시로 주행을 차단당하는 통일로는 곳곳에 탱크 지뢰가 있고, 늦은 밤이면 수송 부대, 기갑 부대, 야간 행군으로 멈춤과 서행을 반복하며 속도와 속력의 질주 본능과 의지가 차압되기 일쑤다.

우리는 우리가 부르는 이름에 사물의 현상과 의지를 반영한다고 하면 자유로를 달릴 때 자유를 느끼고, 통일은 긴장과 인내 없이는 나아갈 수 없다는 점에서 북향 두 도로의 이름은 절묘하다. 자유를 목적으로 한 통일은 오만한 일방 통행일 수 있으며, 통일을 위한 수단과 목적이 동시에 자유일 때라야 양방 통행이 가능하다. 멈출 수 없는 방종을 표상하고자 하며 비교 우위의 체제 선전 수단으로 호명되는 자유로, 수시로 진행을 차단당하고 속도와 속력의 의지

를 끊임없이 유보시키며 하나 된 체제를 이루자 표방하는
통일로. 두 도로에 걸린 의지 표현의 상관관계 절묘한 표
리부동이다.

'남신의주유동박시봉방'에 가고 싶다
—제문

유세차!

단기 4349년 병신년 삼월 열나흘날
천지신명께 고하나이다.

을사년 섣달 초사흘생 정○○은 서울 32사57×× 개인택시를 처음 운행하기에 앞서 소소하나마 술과 떡과 고기를 정성껏 차리었으니 흠향하시길 바랍니다. 이제 개업 운행함에 삼가 엎드려 바라기는 오로지 안전 한 가지입니다. 부디 굽어살펴 주십시오.

마침 곡우인 오늘 촉촉한 단비 내립니다. 이 비 받아 땅의 모든 생명들 가뭄 들지 않고 잘 자라게 하시며 올 한 해 풍성하게 하십시오. 가꾸는 곡식 병충해 들지 않고 알찬 결실 맺게 하시고, 가꾸지 않는 모든 초목도 한 시절 넉넉히 흔들리며 풍요롭게 하십시오. 다만 저의 새 바퀴가 질경이 한 포기도 함부로 밟지 않게 하시고, 길가에 핀 꽃 한 송이도 상하지 않게 하십시오. 사리현동 오솔길에서 마주쳤던 고라니의 죄 없이 맑은 눈망울을 기억하게 하시며, 어두운 밤 부암동 비탈길에 먹이 찾아 헤매던 멧돼지 놀라지 말게 하시며, 달팽이와 두꺼비와 집 나온 개와 길고양이 그리고 찻길을 가로지르는 구렁이조차도 다치지 않게 하십시오. 운행 함부로 하여 뭇 생명 저버리는 업 쌓지 않게 하십시오. 동그라미 바퀴와 같이 원만하게 하소서.

어느 해 추석 무렵 달빛 괴괴하여 깊은 밤 밤도둑처럼 용미리 묘지를 사과 두 알 소주 한 병 종이 봉지에 담아 찾아들던 묘령의 여인을 기억하게 하십시오. 무덤 앞에서 소리 죽여 울던 그 여인의 눈물을 가끔씩 떠올리게 하소서. 제 바퀴에는 육신도 혼백도 차별 없이 탑승하게 하시며 슬픔도, 기쁨도, 이별도, 만남도 때 없이 타고 내리게 하십시오.

만 승도 아니고, 천 승도 못되고, 하물며 백 승에도 차지 못하나 네 필의 말이 끄는 힘으로 치면 그래도 반백 승은 되니 부치고 지침 없이 남북으로 동서로 치달으며, 낮은 곳과 높은 곳을 오르내림에 거침없게 하시고, 필요로 하고 원하는 곳에 언제든 안전하게 손을 부리게 하십시오. 돈을 보기보다는 간절함을 보고, 여유로운 자를 태우기보다는 시급한 이를 태우고, 노인과 어린이와 약자가 원할 때는 운임 없이도 이 바퀴가 기꺼이 굴러갈 수 있게 하십시오. 밤 깊어 어두운 귀갓길에 모든 이의 편안한 세단이게 하십시오.

대지의 신과 바퀴의 신께 기원합니다. 세상 모든 길이 끊어짐 없이 이어져 있길 간절히 소망합니다. 국경도, 철벽도, 해자도, 울타리도, 바리케이드도 다 거두어주시어 저의 바퀴가 멈춤 없이 차단 없이 스스럼없이 길을 내달릴 수 있길 바랍니다. 여기 우리 땅 분단된 땅 한반도의 현실에서는 그 간절함이 더합니다. 임진강을 건너는 돌아올 수 없는 다리에서, 분지를 달리는 철원평야에서, 동해안을 잇는 7번 국도에서 종횡무진하며 푸른 공기, 맑은 바람 맘껏 마실 수 있길 바랍니다. 끊긴 남북, 북남 간의 모든 길이 이어져 여기 이 자리에 있는 이들과 함께 평양으로 신의주로 함흥으로 달릴 수 있길 앙망합니다. 금강산, 묘향산 손잡고 봉우리 오르게 하시고 개마고원, 백두산 능선 타며 고된 땀 흘리게 하십시오. '영변의 약산 진달래' 보며 노래 부르게 하시고 '남신의주유동박시봉방'에 들어 길손의 때 절은 목침 베개 삼아 누워보게 하시고 삼수갑산과 백두 묏등을 치닫던 '황천왕동'이 남매의 거친 숨결을 느껴보게 하십시오.

천지신명님!

바퀴 인생 또 한 가지 간구하며 소망하는 바는 탐욕이야 타고나지 못한 성정이나 그나마 욕망과 욕심을 비우고 덜어 필요한 만큼의 최소치만 벌게 하시고, 그 번 만큼만 소비하게 하십시오. 모자라지도 넘치지도 않게 맞춤하게 하십시오.

병신년 삼월 열나흘. 화정 배꽃동산에서.
정○○과 벗들 함께 상향!

'숨은벽'을 오르는 바퀴 운전사

방민호(서울대 국문과 교수)

1.

　사람의 운명을 점치기 좋아하는 통찰력 있는 한 시인이
정기복 시인을 가리켜 말하기를 겨울 땅의 기운을 타고났다
고 했다. 겨울 땅도 저 산골 충북 하고도 단양에서 태어난
이 시인은 고등학교도 다 마치지 않은 때 집을 나와 부산으
로 갔고 혼자 힘으로 늦게 대학 공부를 마치고 출판사 사람
으로 서울살이를 시작했다.

　그의 고향 땅만 얼어있었던 것은 아니요 그가 젊은 이삼
십 대를 보낸 그 시대에는 이 나라 어디를 가도 얼어붙어 있
었다. 그 얼음 대지 위를 튼튼한 두 발로 버텨 서서 걸으며
그는 가슴에 시 하나만을 뜨거운 마음으로 간직했다. 그것
은 마치 그가 값도 나가지 않는 저 녹두장군 사내의 초상화

를 유랑처럼 버텨나간 긴 서울살이와 일산살이 속에서도 굳게 지켜낸 것과 같았다(「시대와 불화한 자의 초상」).

그는 『실천문학』잡지를 통해 시단에 나왔는데, 그 1994년경은 가난한 이들의 사랑을 노래하는 이들에게 또 다른 겨울이었다. 신경림 시인의 「가난한 사랑 노래」의 시 구절처럼 가난하다고 해서 사랑을 모르랴만, 아니 가난 때문에 가난한 이들은 더 뜨겁게 사랑을 부둥켜안건만, 이치를 모르는 속된 세상은 즐겨 굴욕과 모욕을 안긴다.

"능욕"당한 사람의 "비애"를 안고 그의 세대 겨울 사람들은 1990년대의 겨울 강판 위를 눈보라 속을 뚫고 나와야 했다(「백운대행, 의상능선」). 1997년 IMF는 한국 사람이면 누구나 맞은 겨울이었지만 내내 겨울밖에 알지 못하던 우리의 시인에게 이 겨울은 또 다른 삶의 극한 시련이었다. 그때 이 필자도 겨울은 겨울이었고 지금도 진창 속에서 허우적거리고 있으나 그 피부에 가닿는 감촉이 어디 이 정기복 친구만큼 되었으랴.

1999년 첫 시집 『어떤 청혼』을 펴낸 그는 출판사 일에서 떨어져 나와 "바퀴"를 굴리는 사람이 되어야 했다. 그는 저 신화 속의 "시시포스"처럼 밤낮으로 굴려도 굴려도 제자리로 돌아와 또 굴리지 않으면 안 되는 바퀴 운전사가 된다(「이 땅의 시시포스」). 택시 운전이라는 말은 그러니까 그에게 어울리지 않는다. 그는 홍세화의 '파리의 택시 운전사'가 아니라 '일산의 바퀴 운전사'라 해야 하며, 바퀴를 한없이 굴려야 하는 형벌을 성스러울 정도로 참혹하게 이행해야 하는 새로운 '운전사'다.

그는 언제부터 일산의 "바퀴" 운전사가 되어야 했던가. 모든 것이 여의치 않았으나 그런 것들보다 그는 오로지 자유 때문에 바퀴를 굴리고 싶었을 것이다. 단양 산골에서 자라나 태평양 건너보는 부산에서 청춘을 보내고 공부 뒤에도 전국의 서점들을 돌던 그의 눈에 "바퀴"는 새로운 방식의 삶의 가능성으로 비쳤던 것이다.

그러나 어떻게 바퀴가 다만 낭만이 될 수 있을까. 바퀴를 굴리면서 그는 토함산 아침의 "민달팽이"(『민달팽이』)가 되어야 했고, 시멘트 바닥 위에서 몸부림치다 말라가는 "지렁이"(『명징의 시간』 「그와 함께 말라가고 있다」)가 되기도 해야 했다. 아침 밥상을 차리다 발가락을 찧기도 하고 늦가을 홀로 "행주강"(「늦가을 행주강에서」)에 가 그리움의 허기를 달래야 했다.

비록 적게 벌고 작게 먹을지언정 일하고 싶을 때, 가고 싶은 곳으로도 달릴 수 있으리라는 자유에의 기대는 그를 바퀴의 세상으로 향하게 했지만 정작 그곳은 "형벌"의 세계라 이름 붙이지 않을 수 없는 땅이다.

저 옛날 시시포스를 생각지 않을 수 없게 하는 이 '무너진 바퀴의 형벌'의 세계를 그는 '시답지 않게' 리얼한 언어로 우리 앞에 그려낸다.

> 우리의 노동은
> 팔과 다리만을 사용하는 단순노동인 듯하나
> 긴장의 연속으로 뇌세포를 지워나가고

무릎도가니를 깎아내고
망막을 혹사시켜 시력을 잃어가는
하루 12시간, 주당 72시간, 한 달 만근 26일로
닳아가는 시간의 형벌이다

우리의 바퀴는
일 년이면 78,000km 지구 두 바퀴를 도는
긴 여정이나
목적지에 다다르지 못하였고
지구 세 바퀴씩 십 년을 돈다 하여도
요원한 휴식과 안식의 빵빵이인지 모른다

　　　　　　　　　　—「이 땅의 시시포스」 부분

　이 시의 연들은 여기 나타난 숫자들로 인해 노래라기보다
어떤 기록 같은 느낌을 자아낸다. 자신이 감당하고 있는 형
벌의 질량을 표현하기 위해 시인은 아라비아숫자의 계량적
인 표시 능력을 필요로 하지 않을 수 없었을 것이다.
　이 "형벌"이 그의 마음과 몸에 가하는 폭력의 참혹한 결
과는 다음의 시구절에 잘 나타나 있다. 종로 5가에 와있는
어떤 "와불"을 보고, 그 "떠돌이 중"의 돌연한 서울 틈입을
보면서 그는 자신도 쉬고 싶다고 생각한다.

내 바퀴는
출발도, 가속도, 제동도

다 잊고

슬그머니 곁에 가 저처럼 미동 없이 눕고 싶다

한 개 돌이고 싶다.

—「와불」부분

　오죽하면 한 개 돌이고 싶으랴. 이 "미동" 없는 정지에의, 돌이 된 상태에의 동경은 바퀴의 긴 나날 없이는 얻을 수 없는 마음 상태라 할 것이다.

　그러나 이 고통스러운 반복은 그의 시에 하나의 선물이 되기도 한다. 앞에서 인용한 「이 땅의 시시포스」의 마지막 연에서 시인은 이 "바퀴 노동"을 가리켜 "시시포스처럼, 스키드 마크처럼/ 깊은 주름의 골을 하나씩 그어가는/ 둥근 생애 전반에 걸쳐있다"라고 표현하기도 한다. "스키드 마크"라는 이 날카로운 표현은 그가 "바퀴"의 삶으로 나아간 이후 매일같이 반복해야 했던 긴 "형벌"의 시간이 아니고서는 절대로 얻을 수 없었을 것이다.

2.

　만약 이 고통스러운 노동이 고역에만 그친다면 그의 삶은 피로와 불임의 나날일 수밖에 없었을 것이다. 하지만 천부 시인의 능력은 앞날이 턱 막힌 절망 속에서도 실낱같은 희망을 얇고 길게 펴낼 수 있음에 있을 것이다. "바퀴"를 굴

릴 대로 굴릴 무렵 그는 이 운명의 등짐 같은 "바퀴"에서 그
자신만의 '철학'을 발명하는 길로 나아가기에 이른다. 긴 겨
울의 삶을 이어나가며 혼자 강을 찾고 산을 오르는 삶 속에
서 그는 자신에게 "형벌"처럼 내려진 반복적 삶을 벗어나기
위한 의지와 욕구를 내장한 관조, 성찰의 방법을 터득한다.

　　나는 "송추폭포"를 노래한 두 편의 시로부터 그 단서를
찾아낸다. 이 시집에는 "송추폭포" 시가 둘 게재되어 있다.
그중 하나에서 그는 겨울 들어 얼음벽으로 변해 버린 "송추
폭포"를 보고 있다.

가물어 야위어가는 물줄기가
떨어져 내리다 일순간 멈추어 선 얼음벽을 본다

내 바퀴
저 빙벽을 타고 오르고 싶다

내 바퀴
하루 평균 열두 시간을 운행하며

삼백 킬로미터를 주행하고도
생계를 다 짊어지지 못하지만

석삼년을 하루같이 달려
도달하고자 하는 곳이 어디인지는 알 수 없으나

나는 바퀴 노동을 기꺼이 즐겨 하며

앞에 놓인 얼음 폭포를 기어이 오르고 싶다.

　　　　　　　　　　　　　　—「겨울, 송추폭포」 전문

　이 시에서 시인은 '수평'의 길을 '수직'의 폭포로 올려 세워 놓고 그 "빙벽"을 타고 오르는 놀라운 발상 전환을 보여 준다. 과연 도로 위를 달려야 하는 "바퀴"의 타이어는 미끄럽기 짝이 없는 "빙벽" 위를 타고 오를 수 있을까? 그것은 또 하나의 시시포스의 "형벌"이 되어야 할지 모른다.

　그리스 신화 속의 시시포스는 제우스로부터 커다란 "바위"를 산꼭대기까지 밀어 올리는 형벌을 받는데, 정기복 시인의 "바퀴"는 이 "바위"와 절묘한 음성적 연상 효과를 보여 준다. 뿐만 아니라 이렇게 "빙벽"을 거슬러 오르는 행위는 나로 하여금 회유성 어류인 은어나 송어가 산란을 위해 강을 거슬러 올라가는 행위를 떠올리게 한다. 말하자면 이 시인은 산천어가 강을 거슬러 올라가듯 "빙벽"을 타고 오르고자 한다.

　위의 시에서 화자는 "도달하고자 하는 곳이 어디인지는 알 수 없으나"라고 한다. 그러나 이는 무의미한 것처럼까지 느껴지는 반복, 무위한 '헛바퀴'의 삶에서 벗어나 새로운 '생'을 향해 거슬러 올라가고자 하는 '재생'과 '비상'의 욕구, 의지를 표현한다. 다음의 시에 나타나는 "봄"은 바로 그러한 시인 화자의 의지와 욕구를 담고 있다고 할 수 있다.

봄은
빙벽 속에서 온다

송추폭포가
봄의
신호탄을 장착하고 있다.

　　　　　　　　　　　　　　　—「다시, 겨울 송추폭포」 전문

　그가 세상에 난 겨울의 땅은 내가 『연인 심청』에서 썼듯이
삽날 하나 파고 들어갈 수 없을 만큼 꽝꽝 얼어붙어 있었고
그가 뜨거운 유전의 방랑 끝에 다다른 삶은 겨울의 "빙벽"
을 달리는 "바퀴"의 삶이었다. 그러나 그는 이 "빙벽"의 강
을 거슬러 올라가 물고기가 새로운 생명을 산란하듯 새로운
생명의 "봄"을 잉태하려 한다.
　그런데, 이러한 욕구와 의지는 긴 "바퀴"의 나날을 경과
하며 어느덧 넉넉한 관조, 성찰의 시선과 함께 동숙하기에
이른다. 강촌 삼악산 등산을 소재로 삼은 다음의 시는 그 하
나의 사례일 것이다.

구르는 거리에서 줄곧 산을 생각하는데
정작 산에 오면 삶의 경전 바퀴를 잊는다

바위산 강촌 삼악산 올라 바라본
의암호 붕어섬은 가자미과 도다리를 닮았는데

곤이라는 물고기가 저렇게 생기지는 않았을까 상상한다

오래된 문장들을 바퀴 아래 깔며
버거운 날들 버티어 산에 오르는 것이

곤의 비늘 하나, 봉의 깃털 하나
만지는 정도의 내공을 쌓는 일은 아닐까 싶기도 한데

소요유, 발치에도 가 닿지 못하나
맵게 추운 날 산 한 그루 마음에 심는다.
　　　　　　　　　　　　　　　—「강촌 삼악산」 전문

　　이 시의 첫 연에서 그는 "구르는 거리에서 줄곧 산을 생
각하는데/ 정작 산에 오면 삶의 경전 바퀴를 잊는다"라는
'숨 막히는' 시어를 내놓는다. "바퀴"라는 것을 가리켜 "삶
의 경전"이라 하는, 이런 놀라운 표현을 누가 어디서 얻어
낼 수 있을까.
　　다음에 이어지는 연은 이제 장자莊子의 유명한 "소요유逍
遙遊"를 생각하게 한다.
　　이 "소요유"는 보통 사람의 범속한 상상력을 뛰어넘는 담
대한 사유의 힘이 집약되어 있는 문장으로 읽는 사람을 깊
이 깨우친다. 북쪽 바다에 곤鯤이라 하는 물고기가 살아 그
크기가 몇천 리나 되는지 알 수 없다는 것이고, 이 물고기
가 변신하여 붕鵬이라는 물고기가 되니 그 등이 또 몇천 리

나 되는지 알 수 없을 것이다. 이제 이 붕이 한번 하늘로 날아오르면 날개가 하늘을 가려 마치 넓은 구름이 해를 가린 듯하게 될 것이다. 그런데 언제까지 붕이 북쪽 바다에만 머무를 것인가, 바다에 바람이 불면 붕은 날개를 펴 남쪽 바다로 날아갈 준비를 하는데, 이 바다 이름을 천지天池라 한다는 것이다.

정기복 시인의 새로운 "소요유"에서 시인 화자는 강촌의 삼악산에 오르는데, 사실 이 산에도 폭포들이 많은 것을 짚어 가기로 하자. 어느 산이든 그 끝까지 가봐야 하는 시인이 이제 삼악산 정상에 올라 저 아래를 보니, "의암호 붕어섬"의 이름은 붕어섬인데 "도다리"를 닮았다. 사람들은 섬이 붕어처럼 생겼다고 생각했을 터인데, 시인 화자가 보기에는 도다리를 닮은 것이 더 '사실'에 흡사해 보인다는 것이다.

여기서 시인은 "소요유"의 인유로 넘어간다. "오래된 문장들을 바퀴 아래 깔며"라는 시구절이 또한 절묘하다. 이 "오래된 문장들"이란 장자 이전의 사유들을 담은 낡은 경전들의 문장을 의미할 수도 있고, 자신의 머릿속에 돋아나 우거진 수풀을 이룬 생각들을 의미할 수도 있겠다. 아무튼, 시인 화자는 이 "오래된 문장들"을 "바퀴 아래 깔며" 살아가고 있는데, 이렇게 "오래된 문장"들을 "바퀴 아래" '까는' 행위는 정녕 힘겨울 만큼 힘겹기는 하지만 "오래된 문장들"이 낡은 것임을, 묵어 우거진 것들임을 깨닫게 하는 새로운 '바퀴 경전'의 나날들일 것임에 틀림없다. 그럼으로써 그 나날들의 어느 한끝에서 시인 화자는 장자의 "소요유"를 생각나

게 하는 삼악산 '등정'도 할 수 있었던 것이다.

그는 이 '바퀴 경전'의 나날 끝에 삼악산에 올라 마치 곤이 붕이 되는 듯한 사유의 전화轉化를 경험하고 이를 "곤의 비늘 하나, 봉의 깃털 하나/ 만지는 정도의 내공을 쌓는 일은 아닐까 싶"다 한다. 그러나 이 "곤의 비늘 하나, 봉의 깃털 하나"야말로 얼마나 금쪽같은 터득일 것인가, 그는 자신의 마음의 갈고닦음이 "소요유, 발치에도 가 닿지 못"한다 하더라도 "맵게 추운 날 산 한 그루 마음에 심는" '수련' '정진'의 태도를 자신의 가슴속에 아로새기는 것이다. "맵게 추운 날 산 한 그루 마음에 심는" 그 마음은 도대체 어떤 마음인가.

나는 그가 홀로 보내는 긴 겨울 수련의 나날을 다음 장으로 넘어가기에 앞서 한 번 더 잠시 헤아려본다.

3.

내가 생각하기에, 캄캄한 땅속에서 긴 세월 보낸 매미가 "우화등선", "더 바랄 것 없는 소리로/ 목청껏 노래"하듯(「바퀴와 매미」), 이 정진의 나날의 어느 때인가 그의 바퀴에는 새로운 날개가 달려 그를 하늘 높이 날아오르게 할 수 있을지도 알 수 없다.

그러나 붕이 곤이 되는 새가 아니요, 바퀴의 경전을 굴리는 노동과 형벌의 삶을 살아가는 그로서 바퀴에 날개가 달려 '하늘을 나는 자동차'를 타고 드넓은 천공을 자유롭게 날아다닐 수는 없는 일이요, 오로지 자신의 굳건한 두 발로써 힘겨운 나날의 반복에서 벗어나 현실의 중력이 미치지 못하는 곳을 향해 상승해 가는 방법을 인출하는 수밖에 없다. 이 시집의 앞부분에 놓여 시집 전체의 이미지를 형성하는 '백운대행' 연작들의 의미가 바로 여기에 있다.

그는 장자의 "소요유"를 자신의 몸에 달라붙을 경지로까지 옮겨 심는 과정에서 '북한산행'을 시작하여 내가 알기로는 벌써 수년째 이 수행의 방법론을 버리지 않았다. 그런데 이 북한산 수행의 '전임자'로서 신경림 시인이 계심을 많은 이들은 안다.

언젠가 「장자를 빌려—원통에서」라는 시로써 "설악산 대청봉"과 "속초 중앙시장 바닥"을 오르내린 그는 세상이 험난한 시대에서 타락한 시대로 변모해 가는 과정을 부드럽고도 단단한 태도 하나로 버텨 나온 바 있다. 오늘의 새로운 시단 상황 속에서 그와 같은 부드러운 단단함은 그 얼마나 귀하던가. 정기복 시인의 '백운대행'에서 나는 내 시집 『숨은벽』에 표사를 써주신 신경림 시인의 북한산 수행을 연상하는 것인데, 이 "숨은벽"이라는 것도 사실은 이 정기복 시인이 내게 그 존재를 알려 준 북한산의 알려진 '비경' 가운데 하나였던 것이다.

이 시집은 바로 이 북한산 수행의 새로운 임자를 알려 주듯 「백운대행, 의상봉」「백운대행 원효봉」「백운대행, 숨은벽」「백운대행, 문수봉」「백운대행, 진관사」「백운대행, 삼천사」「백운대행, 노적봉」「백운대행, 의상능선」「백운대행, 삼각산 여성봉」 등 아홉 편의 '백운대행' 연작이 실려 있을 뿐 아니라 표면으로 드러나지 않는 '백운대행'의 소산들도 시집 이곳저곳에 흩뿌려져 있다.

북한산은 어떻게 생겼는가? 하면 「백운대행, 문수봉」과 「백운대행, 의상능선」 두 편을 보면 한눈에 잡은 듯 알 수 있을 것이다. 이 명산의 모양을 직접 감상해 보는 것도 나쁘지 않을 것이다.

먼저 다음의 시는 바둑의 '상수'이기도 한 이 시인의 경력을 말해 주기도 하면서 북한산의 '천원'을 이루는 문수봉에서 살펴본 산 전체의 모양을 그려낸 것이다. 여기서 천원이란 바둑판의 한가운데 점을 가리킨다.

삼각산 문수봉은 천원이며 방이다

문수봉 올라 사방을 보노라면
바둑판의 천원인 양, 윷판의 방인 양 큰 산 북한산 한가운데 가부좌 틀었다

동쪽으로는 산성주능선을 따라 대남문, 대성문, 보국문, 대동문이 줄지어 서고
남쪽에서는 비봉능선이 향로봉, 비봉, 사모바위, 승가봉을 몰아 비마처럼 달려오고
서쪽에서는 의상능선이 의상봉, 용출봉, 용혈봉, 증취

봉, 나월봉, 나한봉을 일으켜 등뼈로 뻗대어 온다

사통팔달 꼭짓점에서
산에 난 모든 길의 유리걸식과 봉우리들의 오체투지를
지켜본 뒤
곁에 선 보현봉과 나란히 합장하며
인수봉 국망봉을 거느리고 북두에 앉은 백운대를 알현
한다.

어느 능선을 타고, 어느 봉우리를 넘어왔을지라도
문수봉 올라 보면 방에 든 듯 적멸이고 천원에 착수한
듯 보궁이다

어느 보살의 품 안이 이러할까?
　　　　　　　　　　　　　　　—「백운대행, 문수봉」전문

북한산은 또 다음의 시를 통해서 볼 수 있듯이 능선을 타
고 가며 살펴볼 수도 있다. 이 시는 특히 '백운대행'이 심신
의 수행의 과정임을 다시 한 번 알려 준다.

모멸감으로 제동 페달을 밟고 비애로 가속페달을 밟은 밤
자고 깨면 산을 오른다 북한산 의상능선 달린다

의상봉, 용출봉, 용혈봉, 증취봉, 나월봉, 나한봉, 문

수봉까지
토막 친 숨 토하며 일곱 봉우리 거침없이 탄다

무엇이 내 발길 능선 타게 하는가
무엇이 내 가슴속 엔진을 덥히는가

첫 봉우리 의상봉 올라 가쁜 숨 몰아쉬고
또 조금씩 높아지는 봉우리들
봉우리와 봉우리 사이 내리고 오르기가 마냥 벅찬데

한 발 걷는 발걸음이
지난 한 주 악다구니로 버틴 보상에 얼마만큼 값하는
지 가늠해 본다

한 봉우리씩 올라 다리쉴할 때마다
한 주 견디어야 할 세상은 얼마큼의 인내를 강요할는지
생각해 본다

아리따운 용출봉의 자태와
아스라이 뻗은 비봉능선의 곡선과
우뚝 선 삼각산 백운대의 위용을 위안 삼아 타박타박
걷다 보면

어느덧 가쁜 숨결 잦아들고 팽팽했던 다리의 긴장이 풀

리는 때가 있다

이쯤이면 내딛는 걸음도 가야 할 산길도 무념무상

소슬바람 불고 까마귀 날고 구름 흐른다

배낭 메고 홀로 의상능선 타노라면

도심 곳곳 바닥을 기던 능욕과 비애 사라지고

굽잇길 환하게 꽃 피는 그런 때가 있다.

―「백운대행, 의상능선」 전문

이 시인에게 있어 '백운대행'은 위의 시가 보여 주듯이 산 아래에서 덮어쓴 "모멸감" "능욕과 비애"를 씻겨 주고, "무념무상"에서 "환하게 꽃 피는" 마음으로 돌아가도록 해주는 치유 과정이기도 하다.

그는 이 '의상능선' 시를 쓸 때나 '문수봉' 시를 쓸 때 그가 산을 오를 때면 손목에 감고 가는 북한산 지도가 그려진 수건 같은 것을 펴볼 필요가 없었을 것이다. 눈 감고 북한산 전체를 한 그림에 그려내고, 마치 '3D' 영상이 산봉우리와 능선을 지면에 바싹 붙어 따라가듯, 그의 시선의 카메라는 어느 계곡, 어느 쉼터 하나 놓치지 않고 북한산 전체를 촬영해 낼 수 있을 만큼 그는 이 산 전체를 밟고 또 밟아 온 사람인 탓이다.

'백운대'는 이 북한산의 가장 높은 봉우리, 그러니까 그의 '백운대행'은 일산과 서울에서 "바퀴"를 굴리며 살아가는 그가 신경림의 "속초 중앙시장 바닥" 같은 세속 세상에서 가장

멀리 떨어진 곳으로 가는 여정의 이름이며, 이 수행의 과정을 통하여 새로운 세계에 눈떠 가는 과정을 기록하고 있는 어떤 '일지日誌'의 이름이라고도 할 수 있다.

여기서 겨울 세상을 사는 그는 세상이 결코 '증여'해 주지 않는 고마운 모든 것을 얻는다. "가파른 험로"에서 "비탈에 선 한 그루 나무"가 "뿌리등걸"을 "나뭇가지"를 내밀어 준다(『백운대행, 의상봉』). "냐옹화상들"과 김밥을 나누어 먹으며 외로운 한숨을 달랜다(『백운대행, 원효봉』). "보살의 품 안"에 안긴 듯 포근함을 맛본다(『백운대행, 문수봉』). 타오르는 단풍의 가을을 맛보는 호사를 누리며 자신의 지나온 삶을 생각하기도 한다(『백운대행, 진관사』『백운대행, 삼천사』). 진관사 계곡과 삼천사 계곡은 북한산 북쪽 사면에 나란히 펼쳐진 계곡으로 시인은 그 진달래 봄이 아니라 단풍의 가을을 노래한다. 그리고 아련하고 깊은 사랑을 꿈꾸기도 한다(『백운대행, 여성봉』).

산이 사람에게 내주는 모든 무상의 '증여'를 그는 북한산행, 백운대행을 통하여 두루 맛보며, 산 위의 길을 가는 이 새로운 눈으로 산 밑 세상의 모든 상처를 치유하고 자신의 지나온 삶의 여정을 되돌아보며, 세상과 삶을 대하는 새로운 태도를 터득해 나간다. 수려하고도 높은 북한산의 덕을 누구보다 넉넉히 누림으로써 그는 "바퀴"의 나날에서 훌쩍 벗어난다. 산의 덕이라는 게 이보다 클 수 있으랴.

4.

이 시집에는 이 산 수행의 '무한한' 덕을 입증해 주는 시들이 많다. "산은 언제나 말이 없고 상처는 사람에게서 온다" 산은 그 "비애"와 "환멸" "조롱과 멸시" "의도된 오해와 음해" "감언이설"과 "교언영색"으로부터 그를 자유롭게 해 준다(『불암산 간다』).

산은 또 "다/ 벗어 주고/ 겨우/ 설피雪皮만 걸친" 환한 눈 세상과 그를 대면하게 하고(『백운대행, 노적봉』), "복수초" "너도바람꽃"과 "빈 하늘"을 만나고 만질 수 있게 하며(『천마산 그리기』), "일순 바람 멎고 삼라만상의 숨결도 잠든 시간", 그 적멸의 새벽을 타고 "지상의 별"을 바라볼 수 있게 한다(『지상의 별』).

그리고 이 모든 것들은 자신을 새롭게 되돌아보는 자성의 힘으로 작용하기도 한다. 짧은 시들에서 성찰적 시선이 날카롭게 드러나는 경우를 볼 수 있다. 예를 들면 다음과 같은 시들이다.

　(가)
　눈에 보이는
　불꽃은
　겉을 태우나

　눈에

보이지 않는

불꽃은

속을 익힌다.

─「숯불과 돼지갈비」 전문

(나)

세 치 혀의

독화살로 입힌 상처와

마음의 비수로

저지른

살생이 적지 않은데

어쩌자고

나는

스스로 유배를 풀고

얽히고설킬 말을 다시 내뱉고

발길 함부로 내딛는가.

─「죄의 뿌리」 전문

　오래 아는 사람은 짧은 것을 보고도 많은 것이 생각에 들어온다. 앞의 것은 그가 거쳐온 서민적인 생활의 자취를 보여 주고 뒤의 것은 그가 몸담은 세계의 이면을 드러낸다.

　정기복 시인이나 나나 모두 세대로 보면 386이니 신경림 시인 같은 분들이 보면 아직 '어린' 사람들이기는 해도 그 나름의 세월의 여정을 겪을 만큼 겪어왔다. 이 시집에 실린 인명으로 된 시들, 「시대와 불화한 자의 초상」(전봉준), 「리영희」「김광석」「빛의 환쟁이」(이중섭) 등은 내 『숨은 벽』에 실린 「새벽 소식」(김근태), 「다시 전태일」「임화에게」 등과 상통하는 것이고, 이 시집에 「그 일」「삼 년이면」「꽃과 불」 같은 세월호, 촛불 혁명 관련 시들은 나의 『내 고통은 바닷속 한 방울 공기도 되지 못했네』의 시들에 연결되는 것이기도 하다.

같은 세대란 '같은' 시기에 같은 사건들을 겪어나가며 같은 '감정 공동체'를 형성해 가는 사람들의 집합체를 의미하는 말이라고 할 수 있다. 386세대를 생각하면, 그들의 유소년 시절은 정기복 시인의 「볍씨 한 가마 보리 서 말」「나리꽃이 내게 이르기를」「용부원리 강신대네 사과밭에는」「두릅」「흰 나방」「금수산」 같은 시들에 나타나는 단양 소백산 기슭술에 젖은 아비, 그 아비의 폭력에 눈 하나를 잃은 어미의 사연 깃든 가난이 살고, 그들의 청장년 시대는 전봉준, 전태일, 임화 같은 저항가들과 이중섭, 박완서 같은 예술가들이 살고 국제통화기금 구제금융시대의 환란, 파산, 신용불량과(「한강에는 다리가 많다」), 이명박, 박근혜 정부 시절의 참사와 의혹, 혁명과, 바로 현재의 이율배반, 공동체 이름에 걸맞지 못한 균열된 가족적 삶의 현재가 동거한다.

시대의 거친 파고를 헤치며 살아온 그들은 마치 고향을 잃어버린 사람들처럼 마음의 고향, 자신의 진정성을 발견할 수 있는 먼 과거와 머나먼 미래를 향한 동경, 그 그리움의 포즈 없이는 유랑 같은 현재를 살아갈 수 없다. 이 시집

에는 그와 함께 시대, 현실을 겪어온 사람들의 이름이 등장
하는 시 한 편이 게재되어 있는데, 그 이름들은 현재를 '딛
고' 자신의 진정한 존재의 고향으로 돌아가고자 하는 강렬
한 희구의 정신과 함께 열거되어야 한다.

    내가 불리고픈 이름은 정기복이 아니라
    앉은 황소, 점박이 독수리, 용감한 새, 곰이 노래해, 검
은 고라니……

    내가 부를 이름은
    강신대, 방민호, 신동호, 김한수, 김주대, 박성식……
아니라
    푸른 천둥, 까마귀 발, 옥수수 심는 자…… 와 같이

    대지에 박힌 모든 나무와 풀과 꽃에 깃든
    정령이 부여해 준 생명의 이름으로 불리고 부르고 싶다

    초록 나뭇잎을 흔들고 지나는 바람
    호수에 흩뿌리는 비가 그려내는 동그라미와 함께

    죽음이 끝이 아니듯 죽은 자와 산 자 살아갈 자를 잇는
    몇 날 며칠 먹지도 잠들지도 않는 태양 춤의 춤사위로

    도시 문명의 잡식성과 갓은 욕망에 찌든 자의 헛된 잠
    꼬대일지라도

140

맑고 밝게 빛나던 인디언의 영령으로

점점이 스러져간 맑은 영혼의 망명객일지라도
창씨하고 개명하여 살고 싶다

면역력 없는 야생으로
황포한 도시에서 몰려온 정체 모를 병균에 감염될지라도

대포와 총성에 살과 귀를 찢기고
화염과 화약 연기에 태워지고 질식할지라도

치유와 환원의 마지막 남은 방식은
나와 너와 우리의 이름이 어린 늑대로 불리어지는 게 시
작일 터.

　　　　　　　　　　　—「내가 불리고픈 이름은」 전문

　그러니까 이 시에 나타나는 386세대의 '회귀열' 속에는 일
찍이 시인 정지용이 「고향」에서 노래한 "머언 항구로 떠도는
구름"의 비애가 스며들어 있다. 그들은 같은 세대를 구성하
여 함께 지내왔으면서도 서로가 서로에 대해 타인이며 같은
만큼 다르며 한없이 외로운 자아의 꿈을 꾼다.

　이러한 상황의 마지막 '해법'은 스스로 묻고 대답하는 것,
자기가 자신에게 이야기를 건네는 법, '내가 누구인지'를 내
자신에게 물어보고 구하는 것이다. 정기복에게 그것은 고

향에서 보낸 마지막 나날들, 작가 이상의 부모만큼이나 불쌍한 어머니와 아버지와 형들, 누나들이 살던 단양 산골 고향 집으로 돌아가는 것이다.

　　손짓하지 않았다. 측백나무 울타리 곁에 서서 비바람에 흔들리었다고 네게 떠나라 이른 것은 아니었다. 네가 집을 나선 것은 시리고 아린 나날 새벽 기차의 기적을 못 견디어 한다 추측할 뿐 빗방울 맺힌 잎새와 고개 숙여 핀 꽃잎의 가련함은 내 의지와는 상관없는 일. 나는 다만 갈라진 손마디로 휘저어 붙잡는 네 어미의 젖은 소매와 휑한 눈을 바라보았을 뿐, 마당 한 귀퉁이 장독대 정화수 흰 사발 바라보았을 뿐…… 하늘거리며 서서.

　　맨 처음 그날 철둑 넘어 산비탈에 선 내게 왔다. 네 마당가에 나를 데려간 일은 네 여린 성정 탓이겠으나 유혹하지는 않았다. 보드라운 꽃술로도 어지러운 향과 색으로도 너를 부여잡고자 하지 않았다. 우연이나 인연조차도 내 바람과는 관계없는 일. 뿌리가 뽑힐지라도 대가 꺾일지라도 줄기가 잘릴지라도 검게 빛나는 주아가 눈물처럼 달려 있는 한 새벽이슬 네 마당가에서 그러하듯 나 아니어도 꽃은 네 발길 지나는 곳 어디라도 피어났을 테니. 떠나고 돌아옴을 지고 다시 피움으로 마냥 우두커니 지켜보고 있었을 뿐.

　　　　　　　　　　　　　　　—「나리꽃이 내게 이르기를」 전문

142

돌이켜 보면 그들, 정기복 시인의 이 시집에 함께 존재하는 386세대의 비극은 그들이 어떤 형태로든 집을, 고향을, 부모 곁을 떠나야 했던 데 있었다고도 할 수 있었다. 그들은 가난과 불화가 싫어서 떠나기도 했고, 공부를 위해, 또는 '형언할 수 없는' 미지의 삶에의 동경을 품고 정든 곳을 떠났다. 그러나 낯익은 곳, 따뜻한 곳, 정든 곳을 떠난 그들에게 삶은, 세상은, 시대는 다시는 그와 같은 보금자리를 허락하지 않았다. 그들은 자신들의 불가피한 선택의 참혹한 대가를 치러야만 했다.

이 시집에 새겨진 그 한 사람 정기복 시인의 삶, 그 신산스러운 여정과 화염에 불타는, 그러면서 그것을 빙벽의 얼음으로 잠재워 온 과정은 그가 386세대의 시사적 일원임을 말해 준다. 그는 자신의 삶 앞에 가로놓인 보이지 않는 '숨은 빙벽'을 타고 올라 훼손되지 않은 근원, 본질을 찾는 회유성 어족의 일원인 것이다.

나는 이 시집에서 정기복 시인을 보면서 내 모습을 동시에 본다. 같은 세대의 시인으로서 그와 나는 삶을 공유했지만 그것을 계속할 수는 없었다. 내가 나대로 비평과 연구 속에서 창작으로 나아가는 사이에 그는 자신의 삶의 길을 걸어 오늘에 다다르며 '백운대행'을 근간으로 삼는 독특한 시의 경지를 이룩했다. 나는 그의 이 시집이 386세대의 고뇌의 기록이자 이를 시적으로 승화시킨 또 다른 성취로서 남다른 시사적 위치를 확보하리라 생각해 마지않는다. 이 시집에 흐르는 산 수행의 정신, 이를 통하여 진정한 자유인의

위치를 향해 일보 일보 정진해 온·크의 숨은 노력에 '동무'로
서 솟아나는 박수를 보낸다. 그는 겨울 산속에 숨어 정진의
꽃을 피운 시인이었던 것이다.